江户川乱步青年侦探全集

地狱的面具

【地狱の仮面】

06/20卷

[日] 江户川乱步（えどがわ らんぽ）◎著

叶荣鼎◎译

時代文藝出版社

图书在版编目（CIP）数据

江户川乱步青年侦探全集. 06，地狱的面具 /（日）江户川乱步著；叶荣鼎译.
—长春：时代文艺出版社，2016.6

ISBN 978-7-5387-5214-4

Ⅰ.①江… Ⅱ.①江… ②叶… Ⅲ.①侦探小说－日本－现代 Ⅳ.①I313.45

中国版本图书馆CIP数据核字（2016）第081000号

出品人 陈 琛
产品总监 郭力家
责任编辑 刘瑀婷
闫松莹
装帧设计 黄 龙
排版制作 隋淑凤

江户川乱步青年侦探全集 06
地狱的面具
[日] 江户川乱步 著 叶荣鼎 译

出版发行 / 时代文艺出版社
地址 / 长春市泰来街1825号 时代文艺出版社 邮编 / 130011
总编办 / 0431-86012927 发行部 / 0431-86012957 北京开发部 / 010-63108163
官方微博 / weibo.com / tlapress 天猫旗舰店 / sdwycbsgf.tmall.com
印刷 / 三河市万龙印装有限公司
开本 / 640mm × 910mm 1 / 16 字数 / 135千字 印张 / 12.5
版次 / 2016年6月第1版 印次 / 2016年6月第1次印刷 定价 / 20.00元

图书如有印装错误 请寄回印厂调换

出版说明

江户川乱步本名平井太郎，1894年10月21日生于日本三重县名张市，是日本著名的推理作家、评论家，“本格派”推理的创始人，被誉为“日本侦探推理小说之父”。

1923年，他在《新青年》杂志上发表本格推理处女作《二钱铜币》（收录于全集11卷中）轰动文坛，奠定了日本侦探小说的基础，同时也引领了日本推理小说的创作风潮。

“本格”是日语词，有“正规、正统”之意。所谓“本格推理”是指推理者从谜案中搜寻蛛丝马迹，经过严密的逻辑推理，解开谜案疑点，拨云见日、找出真凶的过程。所以，在“本格推理”的世界中有两个要素不可或缺：一是难解的谜案（如密室杀人），二是逻辑严密的推理。这也是本格推理最大的魅力所在，因为谜案难解，才好奇；因为推理刺激，才痛快！

我们出版的“青年侦探全集”（全20卷），共包含23篇本格推理故事，情节扑朔迷离，悬念强烈，既充满诡谲的气氛，又有着环环相扣的严密推理。案情往往在看似山穷水尽之时峰回路转，出人意料又合情合理，令人拍案叫绝。其主角明智小五郎是江户川乱步成功塑造出的日本第一位名侦探，在日本家喻户晓，被称作“日本的福尔摩斯”。密室杀人案、死亡倒计时牌、钟楼里的秘密、五重塔的诅咒……不同于传统侦探故事中主角的开挂式超能，乱步笔下的大侦探在与凶手的博弈中，有时也会犯错误，甚至在交锋中败下阵来。但也正因如此，才使得明智小五郎的形象更为真实丰满，让金属般棱角分明的推理故事中多了一丝有血有肉的真情感。

该全集内容由著名日本文学翻译家叶荣鼎先生，历时八年翻译而成，不仅再现了一代推理大师的作品原貌，更注入了翻译家对大师的崇敬之情。相较于市面上现有的其他译本，叶荣鼎先生的译文文本规范、文字精当、情节紧凑、故事性强，适合各年龄段的读者阅读和收藏。

此外，还有专门为本套图书绘制的精美插图，穿插在故事中，凸现案件发展的关键节点。诚邀爱好侦探推理的朋友，跟随大师的妙笔一起畅游本格推理的世界。随着侦探与凶手视角的转换，一窥善恶。读罢小说，回归现实，你既不是机关算尽的凶手，也不是明察秋毫的神探，周遭的一切皆毫发无伤，但是你却收获了阅读应有的快乐。

时代文艺出版社

目　录

コンテンツ

决　斗

初秋的一天，盐原温泉A旅馆的三楼房间里，两个年轻人正展开生死决斗。

桌上并排放着两个玻璃杯，盛有八成水一样透明的液体。

两个玻璃杯的形状和杯里的液体量没有区别。

他俩面对面地坐在桌子两侧，双方视线与杯子紧紧地交织在一起。

小溪流不停地传来哗哗的流水声，他俩似乎压根儿没有听见，浑身一动不动，仿佛两尊蜡制的像。

自打夏末开始，他俩就一直住宿在这家旅馆里，每天泡温泉。

一个叫冈田道彦，三十五六岁，长脸，面色苍白，个头很高。一个叫三谷房夫，二十四五岁，天真，孩子气，似乎还是一个乳臭未干的小青年。

“好，你先选择！”冈田道彦用很低沉的声音慢慢地说。

三谷房夫微微点头，脸色变得苍白，嘴唇干燥得没一丝血色。

“那，该选择哪一个杯子呢？按事先商定的规则，由我把毒药放入这两个杯子其中的一个。究竟哪个杯子里有毒我是清楚的，我没有先挑选杯子的权利。”

冈田道彦尽管嘴上这么说，却在痛苦地喘着粗气。

三谷房夫额头上大汗淋漓，右手指在杯子上空举棋不定地晃来晃去，欲取其中的一个。

“别磨磨蹭蹭的，快一点儿！”冈田道彦催促着，声音也变尖了。

握着的拳头放在膝盖上，攥紧的手好像在咯吱咯吱作响，骨头似乎要碎了。

“你太胆小了！想从我的脸上看出哪个杯子里有毒？”

三谷房夫听他这么一说，肩膀不由得晃了一下，脸色越来越苍白，呼吸声越来越粗。

“请……请闭上眼睛！”

他结结巴巴，终于把想说的话说了出来：“请你别那样看我的手指！我害怕你那样的眼神，请闭上眼睛！”

冈田道彦没有吭声，闭上眼睛。

三谷房夫被逼上了“悬崖”，必须在一刹那间决定自己的命运。

究竟该选择哪一个杯子？手指忽左忽右地摇摆不定，心脏发出“咚咚咚”敲鼓般的响声，胸口眼看要裂开似的。

这是赌命的决斗。

一场代替剑和枪、标新立异的决斗。

按照商定的决斗规则，两个人喝完各自选择的杯子里的液体后，必须回到自己房间，上床钻入被窝，静静地等待胜负的结果。

为了让别人明白自己是躺在被窝里自杀的，都事先准备了遗书。

遗书内容都相互看过，没有任何不实之词。

为什么要这样做？

因为，决斗是法律禁止的。如果输的一方不事先写好这样内容的遗书，获胜的一方将被法院判为杀人罪。

这两个年轻人之间展开的决斗，为什么一定要拿生命当赌注呢？不用说，是有其原因的。

在这家旅馆里，冈田道彦和三谷房夫结识了一个年轻美貌的女子。

大美人叫佃柳静子，被两个小伙子同时爱上。

随着交往时间的推移，两个小伙子都希望佃柳静子只属于自己，双方都觉得对方的存在是障碍、是威胁……最终，发展到有你无我、你死我活的地步。

两个人变成狭路相逢的仇人，发展出想尽快铲除对方的变态心理。

照这样下去，结果究竟会如何？两个人都在思索。

干脆，男子汉大丈夫，堂堂正正地决一胜负，胜者娶佃柳静子为妻。

他俩经过协商，想出了这样的决斗方式。

三谷房夫的手一旦碰上其中的一个杯子，就是决定两个人命运的时刻。

这是窒息般的瞬间！

他的手指朝着杯子方向伸展，像风刮的树叶那样颤抖。

转眼间，手握住右边的那个杯子。

他闭上眼睛，举起冰冷的杯子朝嘴边移动。

苍白的脸猛地抬起来仰望天花板，咕咚咕咚咕咚，杯子里的透明液体在上下牙齿之间通过滑向喉咙，接着，喉骨连续嚅动了几下。

接下来是一片寂静，谁也没说话，过了好长时间，三谷房夫猛然觉得好像有奇妙的声音传入耳朵。

呼，呼……粗粗的喘气声！

他惊讶地睁开眼睛，是冈田道彦的呼吸声。那模样像妖怪，两只眼球妖怪似的朝外凸出，目光剑一般地射向最后一个杯子。

肩膀，不由自主地大幅度摇晃。粘满汗水的黄色小鼻子两翼，不停地起伏，他似乎马上就要倒地了。

就在这一瞬间，三谷房夫一切都明白了，自己获胜了。

我赢了！我喝下的液体里没有毒！

他竭力克制自己内心的喜悦。

冈田道彦瘫软般地坐在椅子上，喘着粗气一把握住杯子。

他举起杯子不顾一切地送到嘴边。

就在杯子快要接近嘴唇的时候，好像被一种无形的东西挡住了，无论怎样使力……两次……三次……已经好多次了，杯子还是无法碰上嘴边。

“唉……真可怜！”

三谷房夫不由得嘟哝起来。

一听这话，冈田道彦的眼里闪出了可怕的目光，仇恨的心燃起熊熊的怒火。他闭上眼睛，将有毒的玻璃杯移到嘴边。

“啊！”

冷不防，冈田道彦惊叫了一声，“啪！”杯子掉到地上。

杯子从他的手上滑落到地上，摔成许多碎片。

“你干什么？”

被激怒的冈田道彦大声吼叫，全身因气愤抖个不停。

“对不起，一不小心成了这样……”

说这话的，是情敌三谷房夫。

真是不小心吗？显然不是。他是故意从冈田道彦的手里夺过杯子摔在地上的。

“这次不算，再来一次，谁要你同情！”

冈田道彦朝三谷房夫斜睨了一眼。

“你说什么？胆小鬼！哼，什么重新开始？你想耍赖？早知道你这么窝囊，才不跟你玩赌命决斗的游戏呢……我不知道你这么贪生怕死，不忍心看你痛苦的表情。”

三谷房夫气得整个脸都歪了。

“杯子里的液体里有毒还是无毒，反正我已经喝下了，可以这么说，已经分出了谁胜谁负。几小时后，我如果没死，我就是胜者。如果我死了，你就是胜者。现在，你已经没有必要喝剩下的这杯液体。”

三谷房夫说道，语调里充满了轻蔑的口吻，满脸春风得意的表情。与此相反，败局已定的冈田道彦，心如刀绞，一声不吭，耷拉着脑袋。

这时，房间纵深处传来嘎噔的声音，很轻。

从决斗开始，隔扇背后就躲着一个人，偷偷窥视他俩的举动。

现在，那人从隔扇背后出来，悄悄地朝房间中央他俩坐的地方走来。

来者不是别人，而是佃柳静子。

佃柳静子的年龄与三谷房夫相仿，也是二十四五岁。但从她脸上透露出的青春美和肌肤光泽看，顶多只有二十来岁。

“哎呀，也许我不该来这里。”

佃柳静子什么都看到了，什么都已经知道了。她却若无其事地歪着脑袋，比较着他俩脸上的表情。

两个人没有吱声，也没有回答。

片刻，冈田道彦似乎察觉到佃柳静子已经知道了刚才的全过程，忽地站起身来离开座位，快步从房间中间穿过。来到走廊上，他把手搭在拉门上，转过脸望着他俩，恶狠狠地说：

“佃柳寡妇，我从今天起不会再跟你见面了！”

他这么说，佃柳静子的脸色不知何故陡然变了。

“啊，我的底细他都知道了！”

佃柳静子唉声叹气的同时，嘀咕了一句，声音轻得几乎听不见。

“我们刚才说的和做的，你都知道了？”

三谷房夫已经平静下来，问佃柳静子。

“是的……不过，我不是故意的！我是突然进来的。大概是这样的结果吧？我终于不能回去了……”

佃柳静子弯曲着美丽的嘴角注视着眼前获胜的男子，眼眶里不知什么时候滚动着晶莹的泪珠。

这时，走廊上再次响起慌慌张张的脚步声。转眼间，门吱的一声开了，是冈田道彦那张杀气腾腾的脸。

“啊，冈田君！”

佃柳静子喊道。

冈田道彦的右手深深地插在旅馆专用的长袍袋里，里面好像有什么东西。三谷房夫猛地站起身来，一把将佃柳静子拉到自己背后。

“你们明白吗？刚才说过和你们永远不再见面的我，为什么回来吗？”

他苍白的脸上，五官眼看要挤成一团，冷笑着说。

三谷房夫和佃柳静子面对他精神失常的状态感到震惊，身体不由得微微颤抖，害怕得连答什么话也忘了。

紧张而又沉闷的气氛在蔓延。

这段时间里，冈田道彦曾两度剧烈地晃动着自己的身体。须臾，他那阴沉的脸渐渐地移到门的背后。少顷，他又从门背后探出因痛苦而扭曲的脸。

“我太窝囊！果然还是我失败了！我……我是一个窝囊废

男人！”

他自言自语，瞪大眼睛望着他俩，说话声有气无力。

“请记住，我今天……是第二次来这里……”

语气好像非常郑重。刚说完，便转过身体飞也似的走了。

“你察觉到了吗？”

三谷房夫转过脸望着背后的佃柳静子轻声问道。

“那家伙插在口袋里的手上握着匕首呢！”

“真的吗？”

“你不觉得冈田君可怜吗？”

“太胆小了！他……如果不是你打掉他手里的杯子，他早已死了。可是……”

佃柳静子回忆起刚才三谷房夫的男子汉行为，非常感激地说，目光里饱含着对他的万般信赖。

时下，离红叶季节还有许多天。因而，住宿在盐原旅馆里的客人很少，能听见的依然是溪水声。

两个人已经忘记刚才的可怕一幕，走到窗前眺望蜿蜒起伏的群山和一望无际的绿色树林，愉快地聆听悦耳清脆的溪水声。

这时候，一个男子离开旅馆玄关走了。他就是那个刚才在决斗中失败的男子冈田道彦。

“我去一下东京就回来。”

他对旅馆服务员说，手拿着行李急匆匆地走了。

死　　尸

冈田道彦离开旅馆后，不知不觉过去了半个月。

一天，三谷房夫和佃柳静子住宿的那家旅馆里来了一位老人。

这天，下了一整天的蒙蒙细雨，令人感到十分压抑。

枫叶开始红了，游客日益增多起来。像这么好的观光季节，也许是雨天的缘故，A旅馆从早到晚竟没有增加一个旅客。

秋天，黄昏来得特别快，被雨笼罩的山脉显得更加昏暗。须臾，周围不知什么时候已经变得暗了起来。

就在这时，一辆出租车停在旅馆的玄关门前。在司机的搀扶下，从车上下来一个步履蹒跚的老人，乍一看，老人年龄在六十岁左右。

“请尽可能给我找一个周围没有旅客的房间。”

老人说话的声音嗡嗡的，听上去模模糊糊，老人走起路来脚好像不太好使。那模样，即便在房间里走路，似乎也不能离开拐杖。

老人不光腿瘸，还是嗡嗡的说话声，通常像这样的客人多少让人感到不寒而栗。但是，老人身上披着崭新的大衣，里面的服装都是高级面料。服务员觉得这是一位高贵客人，接待时非常郑重其事。

老人一到房间说的第一句话：“请问，佃柳静子大美人还住在旅馆里吗？”

“是的，她还住在这里。”

“她的房间在哪里？她是否与那个叫三谷房夫的男子相好？他俩经常在一起吗？”

老人口齿不清，说的话很难让人听懂，尽管这样还时不时地刨根问底。

为感谢女服务员的“告密”，他从衣袋里取出一张一万日元的纸币。

“你听好了，我刚才问你的话，千万别对他人说哟！好，这一万日元算是给你的对外保密费，请千万记住！”

老人用餐结束，收拾碗盘离开房间的女服务员来到走廊上，与另一个女服务员窃窃私语起来。

“哎，你停一下，说说看，刚才来的那个旅客有多大岁数？”

“嗯，这人大概六十多吧？”

“可我怎么觉得他不像六十岁的人，他的真实年龄应该小得多。”

“你说什么呀，没看见他头发已经花白了吗？”

“所以呀，那就更奇怪了！就说那花白的头发吧，不知究竟是否是真的头发。还有那副变色眼镜，遮住了真实的眼睛，是吧？即便在房间里，他还戴着口罩，不让别人看他的嘴形。”

“不仅如此，还有假手和假腿。”

“是的，左手和右脚不是真的！吃起饭来非常费力！”

“他吃饭的时候，口罩总该取下吧？”

“那是，那是。我一见他取下口罩后的模样，全身不由得抖了一下。你猜猜看是什么模样？”

“什么模样？快说！”

“什么也没有，裸露着的就是红色牙肉和白色牙齿！也就是说，那旅客的嘴巴周围没有肉。”

“啊，什么，太可怕了！”

“鼻子只剩一半，没眼睫毛和眉毛。”

“这到底是怎么回事？”

“我没有问他，可是他主动对我说了起来，他的手脚是战争中失去的，整个脸被烧成重伤。能从这么严重的伤势里逃生，算是奇迹。他还引以为傲呢！”

老人的脸可怕，行动更诡秘。

当女服务员告诉他可以上温泉池洗澡了，他却说患感冒而一口拒绝。可女服务员前脚走，他后脚便去了温泉池，还把拐杖和假腿在更衣间的地板上弄得咚咚作响，当时正是晚上，声音特别响。

温泉池在山谷谷底那里，需要沿长长的石梯一直往下走。老人好像早已走习惯了，步子轻快得像一阵风，令人咋舌。

走完石梯，来到鹿谷川小溪流的岸边。

那里，河水不停地拍打着岸边。温泉池就在那里，是用自然岩石砌筑的，周围显得比较阴暗。

老人来到温泉池门口并没有进去，而是从走廊绕到院子，隔着玻璃窗窥视温泉池里的情况。

冒着热气的温泉池里，犹如梦幻般的景色，昏昏沉沉，朦朦胧胧。

少顷，空旷得像游泳池那样的大浴池里出现了两个白色人影，正在游动。那是三谷房夫和佃柳静子。

老人特地来这里，好像是为了观察他俩的情况。

他们在温泉池里洗澡，这是女服务员告诉他的。

由于浴池里昏暗加之热腾腾的蒸气，难以看清楚他俩的身体。正在温泉池里的这对男女，似乎丝毫没有察觉到怪老人在浴池外面观察他俩。三谷房夫和佃柳静子按照各自喜欢的姿势，浸泡在温泉池里，显得非常悠闲自得。

“那事我早就没放在心上了！充其量只不过是吓唬吓唬，说说怪话，发发牢骚而已。”

偏不凑巧，此时此刻他俩正谈论着冈田道彦那天离开时的情景。冈田道彦走时的那句话，至今还留在他们的记忆里。

“对这事，我不赞同你的观点。你说只是吓唬吓唬，可我总觉得他在这一带转来转去的。”

佃柳静子一边说，一边起身蹲在深蓝色的大块花岗岩石上。可就在这当口，不知什么缘故，两个人的对话突然中止了。她紧张得像石雕那么僵硬，浑身上下一动也不动了。三谷房夫发现她那奇怪模样，吃惊地问道：

“哎，怎么啦？你把眼睛瞪得那么大在看什么呀？别害怕！静子小姐，听到我说话的声音了吗？”

忽然，三谷房夫觉得佃柳静子的神情似乎有点儿不正常。

“我，我脑子里好像产生了幻觉？刚才那玻璃窗外面，有一个怪物在朝我们这里窥视！”

佃柳静子说话声变得嘶哑了，两眼瞪得已经到了极限。

三谷房夫惊讶地环视四周，觉得很正常。

“不是什么变化也没有吗？是不是对面山上的枫叶在晃动？还是今天有什么不舒服……”

说到这里，三谷房夫猛地也顿住了。

就在这一瞬间，传来震撼温泉池的巨大响声。

那是佃柳静子的尖叫声和悲鸣声，使人毛骨悚然。

面朝河流的小窗外，两个人都看见了世上最可怕的怪物。

脑袋上竖着白发，鼻梁上架着黑边眼镜。脸上没有完整的鼻子和嘴巴，只有红色牙肉和洁白牙齿。这张魔鬼般的脸，他俩今生从未见过。

“快，快逃！”

佃柳静子紧紧依偎在三谷房夫身边。

“没什么可害怕的，一定是心理作用！或者是看错了什么。”

忽然，三谷房夫跑到窗边忽地把窗户拉开。

“瞧，什么东西也没有！也许是我们的神经过敏！”

佃柳静子提心吊胆地从三谷房夫背后朝窗外眺望。

深蓝色的溪水在流淌，不知疲倦地向前奔腾。凑巧那里是深水处，加之下雨增加了水的流速，不停地卷着旋涡。

“啊！”

忽然，佃柳静子又大声喊叫。

“啊！”

三谷房夫也跟着叫嚷起来。

“静子小姐，别怕！水里漂浮尸体是常有的事，没有什么可慌张的。不知能否把尸体打捞上来，我想想办法，你在这里等着！”

三谷房夫蹿到更衣室，再沿走廊朝外疾跑。

佃柳静子觉得不能独自待在这里，跟在三谷房夫身后跑到更衣室，寸步不离。

“啊，太困难了！尸体里灌满了水。”

漂浮在水里的尸体，像相扑运动员那样胖鼓鼓的。死者脸朝下，看不清楚长相。从衣服上看，不像当地人，好像是住宿在旅馆接受温泉疗法的旅客。

“瞧，你记得这西服吗？你一定……”

“啊，那果然是……”

三谷房夫不让佃柳静子继续往下说，满腹狐疑地走过去。

男尸身着细方格花纹的西服。三谷房夫用脚使劲儿将尸体翻了过来。

佃柳静子抱头鼠窜，三谷房夫大惊失色，也转身逃走了。尸体脸紧挨着水里的岩角，脸已经不完整，看不清五官到底长得什么模样。

他俩连滚带爬地跑到旅馆服务台，喊服务员去现场。

少顷，警察赶来了，法官也跟着赶来了。顿时，鹿谷小溪流里发现尸体的消息，传遍了整个盐原镇。

经过法医鉴定，死者是冈田道彦，属自杀，于十多天前死的。他说离开旅馆去东京的那天，可能是去了溪流上游的瀑布潭，在那里跳河自尽。

没有遗书，因而也就无法知道自杀原因。这天底下恐怕只有佃柳静子和三谷房夫知道原因。

第二天，他俩坐上去东京的列车，告别给他们留下可怕回忆的盐原镇。

列车风驰电掣般地行驶着，列车上的某节车厢里坐着一个老人，架着黑边眼镜，头上的鸭舌帽檐低得几乎盖住了眉毛。

他就是那个没有嘴唇的怪老人，叫蛭田岭藏。

绑　架

返回东京后，三谷房夫和佃柳静子经常幽会，一起外出散步，生活过得自由自在的。

随着时间的流逝，他俩变得如胶似漆，形影不离。但不可思议的是，佃柳静子的心里好像藏有什么秘密，尽管她和三谷房夫相处得很好，却始终不愿对他说自己的住所。一天，他实在忍不住了，把从盐原相识以来的疑问一股脑地倒了出来。

“静子小姐，请介绍一下你的情况！冈田道彦说你是‘佃柳寡妇’，到底是怎么回事？”

“我为什么会这么胆小！”

佃柳静子开玩笑似的说，可眼眶里闪现的泪花，没有逃过三谷房夫的眼睛。

“好，我说！”

佃柳静子悄悄叹了一口气，沉默了一会儿。突然，她自暴自弃地说了起来。

“我是寡妇！是失去丈夫的女人！”

“这，我早料到了。”

“我丈夫生前是个大富翁！”

“……”

“我还有一个六岁儿子。”

“……”

“你大概听了很不高兴吧？”

三谷房夫不知该怎么回答，还是没有吭声。

“我全说了……现在，你去不去我家？”

佃柳静子说完情绪激动起来，涨得通红的脸颊上扑簌扑簌地流淌着眼泪。

两个人喊了一辆出租车，并肩靠在柔软的座席靠背上。尽管谁都没有说话，可脑海里浮现出许许多多的往事。三十分钟后，出租车来到目的地——佃柳静子居住的佃柳别墅。

宽敞的地面铺着花岗岩石板，两边是石门柱，中间是镂空的大铁门。总之，是一幢豪华的高级别墅。

门柱上挂着的姓氏牌上，“佃柳”两个字写得很大。

三谷房夫在佃柳静子的引导下，走进宽敞的欧式客厅。里面的家具、摆件和挂件都属一流的，显得十分庄重和气派。

佃柳静子坐在松软的长沙发上，身边坐着一个可爱的少年。少年不停地晃动着两条腿，长得很可爱。他叫佃柳茂，是静子与已故丈夫佃柳庄藏的儿子。

三谷房夫坐在宽大的扶手椅上，坐在他对面沙发上的母子头上挂着相框。相框里的照片上，是一个看似四十岁左右的男子，长相很差。

“这是他爸爸生前的照片。”佃柳静子说。

“看了照片和我儿子阿茂，你一定觉得刺眼？”

“没有，没有那回事。这么可爱的小男孩儿，怎么会刺眼呢？与你十分相像！阿茂也一定很喜欢叔叔吧？”

三谷房夫伸出手把阿茂拉到自己身边，阿茂抬起头朝他笑嘻嘻的。佃柳静子一边抚摸着阿茂的头发，一边继续说自己的身世。

“我从小失去双亲，是由远房亲戚抚养成人的。我深感贫穷的痛苦，非常憧憬金钱和名誉。”

佃柳静子稍稍停顿了一下，那对神情恍惚的眼睛仿佛被窗外景色深深吸引住了。红色的枫叶夹杂在常青树里，显得格外娇娆、鲜艳。

“在我十八岁那年，我憧憬的愿望终于实现了。大富翁佃柳庄藏来我家要求娶我。当时我有男友，并已经打算与他结婚。可我还是被佃柳庄藏的财产迷住了心窍，与经济上不富裕的男友一刀两断，成了富豪佃柳庄藏的妻子。”

佃柳静子说着抬起头，目光移向头顶上方的照片。

“佃柳庄藏的年龄大我许多，长相丑陋，心里变态。平日里，总是千方百计钻法律空子赚黑心钱。不过，我不在乎他用什么方法发财，只要他把大笔大笔的钱拿回家，我会高兴得欣喜若狂。

“终于有一天他的罪行败露了，被警方逮捕了。我和阿茂也因此被人骂作罪犯的妻子和儿子，过着十分寂寞的生活。这期间，佃柳庄藏在牢房里得了病，不幸死在牢里。”

她说到这里停顿片刻。

“佃柳庄藏给我留下了一大笔财产，可许多人紧盯着这笔财产，假装关心我们的人络绎不绝。我开始讨厌这种眼神，把阿茂留给奶妈抚养，连姓名也改了，独自去盐原旅游。说到这里，你会觉得我是重钱财胜过爱情的坏女人吧？”

佃柳静子说完，脸上流露出自我嘲弄的苦笑。

“那个先与你订了婚的男友，是一个什么样的人？你大概没忘记吧？”

三谷房夫的目光投向遥远的窗外，语调里夹杂着一种让人捉摸不透的口吻。

“我上了他的当。恋爱一开始，他对我说了好多花言巧语，口口声声说要让我幸福。可我一点儿也没得到过他说的什么幸福。他不光贫穷，还有令人厌恶的坏脾气。后来，我连看他一眼都觉得恶心。”

“那么，他现在怎样了？住哪里？你一点儿也不知道？”

“嗯，那是八年前的事情，再说我当时只有十八岁，还不太懂事。”

三谷房夫没有说话，默默地站起身来走到窗前。

“照这么说，你已经一点儿也想不起那个穷男友了？”他望着窗外，语气冷淡。

“哦！”佃柳静子吃了一惊。

“你为什么要提这事？我是怀着极其痛苦的心情，下了很大决心，才把过去没对你说过的事说给你听，如果你觉得不愉快，那只能请你原谅。”

“我明白你的心情，但我害怕你的那些财产。我和你过去的穷男友一样，也很穷。”

“噢！”原来他是担心这！佃柳静子笑了。

如今的她，手里握有一大笔财产，想干什么就能干什么。对于钱，她已经不再像过去那样憧憬了。三谷房夫是穷小子，这，她压根儿没在意过。

她站起身来，与三谷房夫肩并肩地站在窗前眺望风景。

美丽的草坪上，阿茂和一条比他身体大两倍的爱犬西古玛在一起玩耍，也不知他是什么时候溜出房间的。

就在这时，别墅外传来了笛声和鼓声。

西古玛不安地晃动着耳朵辨别，阿茂也像爱犬那样竖起耳朵倾听。

音乐沿着围墙脚朝门前靠近，原来是化装的广告员。

阿茂突然跨出门槛朝那里跑去，西古玛也跟在小主人身后跑了起来。

门外是个打扮得滑稽而有趣的广告员，正在大声念着广告词。也许他脑袋上戴着的面具太大，嘶哑的声音似乎是从鼻孔里哼出的。

化装广告员像唱歌那样，富有节奏地扭动着腰，好像是在为零食厂家做广告。阿茂看着看着越发感到有趣，一跑出大门便跟在化装广告员的身边。

“来，小孩儿，尝尝这个零食的味道！非常好吃，非常好吃哟！”

化装广告员一边摇晃着有趣而滑稽的面具，一边取出鼓上面放着的零食样品给阿茂。

“啊，真像是圣诞老人！”

阿茂开心得连五官都放大了，高兴地接过化装广告员的样品零食，当作宝贝似的含在嘴里。

“怎么样，味道很可口吧？现在，叔叔用笛声和鼓声为你奏一曲最好听的歌。”

哐，哐，咚，咚。

哐，哐，咚，咚。

化装广告员一边晃动手脚，一边像操纵手指木偶似的跳起了舞蹈。

他一边跳，一边慢慢地离开佃柳别墅的门前。

阿茂看入了迷，像进入梦境似的跟在化装广告员身后摇摇晃晃地走着。

化装广告员一会儿唱歌，一会儿跳舞，一会儿又转来转去，令人眼花缭乱。一直跟在他身后的，是阿茂和那条像小牛犊似的家犬西古玛。这情景，看上去让人觉得是一支不可思议的广告队。他们沿着住宅街朝前走着，越走越远。

欧式客厅里，与三谷房夫愉快交谈的佃柳静子，猛然间想起阿茂没有回家。

她立刻喊来用人，吩咐他们分头去找。一会儿，出去寻找的用人返回来都说没有见着阿茂，就连西古玛也不见了。

“奇怪呀！这样的情况还从来没发生过。怎么……”

她脸色顿时变得煞白，她自己在别墅内外到处寻找，可仍然没有阿茂的人影。

天色渐渐接近黄昏，暮色降临了。窗外开始变暗。此刻的佃柳静子心里更加焦急起来，犹如热锅上的蚂蚁。她和三谷房夫以及用人们集中在客厅里，商量如何寻找阿茂和西古玛。就在这时候，秘书慌慌张张地跑来了。

“阿茂遭绑架了！西古玛回来了。为了帮助阿茂逃脱，好像与歹徒进行过激烈的搏斗，现在是遍体鳞伤。”

秘书一边喘气，一边指着门外走廊，西古玛趴在门口，浑身上下都是血，伤心地低声吼叫着。

它似乎站起来很费劲儿，趴在地上喘着粗气，连舌头也无精打采地耷拉着，身上有好几处大伤口，不停地向外渗出殷红的血。

佃柳静子望着西古玛的一瞬间，肯定在想象阿茂身上也许像西古玛一样有许多伤口。猛然间，她整个身体大幅度摇晃起来，感到头昏目眩，眼看要摔倒在地。

这天，凑巧管家斋藤老人不在别墅。

于是，三谷房夫代替管家向警方拨打了电话，详细报告了发生的情况，要求派警察搜查。

他刚放下电话，刺耳的铃声响了。

三谷房夫拿起电话听筒三言两语地做了回答，突然，他脸色骤变，将耳朵凑近听筒。

“怎么回事？谁打来的电话？”佃柳静子走过来大声

问道。

三谷房夫慌忙用手捂住话筒侧过脸说："确实是阿茂打来的，不像是冒充的，是阿茂在朝着话筒说话。"

"什么？你说什么？阿茂？他还不会打电话呢？这……来，让我来接，阿茂的声音我一听就知道的。"

佃柳静子从三谷房夫手中拿过话筒。

"喂，喂，你是阿茂吗？我是妈妈，你在哪里呀？"

"妈妈，我不知道在哪里，我旁边有一个不认识的叔叔，脸上表情十分可怕……"

忽然，电话里没有说话声音了，好像是阿茂被捂住了嘴。

"阿茂，阿茂，阿茂！你怎么啦？快说话呀！"

佃柳静子朝着话筒紧张地大声喊道。

少顷，又传来阿茂奶声奶气的说话声："妈妈，请你花钱把我赎回去！后天晚上十二点，我在上野公园图书馆背后等你。"

"你说什么？阿茂，你身边有坏蛋吧！是那家伙叫你这么说的吧！阿茂，你只要说一句就行了，说给妈妈听，你现在是在什么地方，你在哪里？"

但是，阿茂似乎听不见妈妈说什么，不停地说着令人吃惊的话。

"妈妈，你拿两百万日元去那里接我回家。两百万日元，是纸币哟！妈妈，必须是你自己一个人去那里。"

"知道了，你就放心吧！我一定拿钱去救你。"

"如果报警，就杀了你的孩子！"

还是阿茂的声音，可“你的孩子”这种说法，肯定不会出自阿茂的嘴。

“好了，快回答！你如果不回答，我就让你的儿子受折磨。”

又是阿茂的声音，似乎有旁人在教他这么说，内容和语气都令佃柳静子疑惑。

话音刚落，传来阿茂“哇”的哭叫声。

出　走

“阿茂！别哭！只要是你说的，妈妈都照办。钱我不稀罕，我会按你说的做，你把这话告诉旁边的那个人。别忘了跟他说，收到钱一定让你跟妈妈回家。阿茂，听见我说的话了吗？”佃柳静子似乎变得有点儿疯癫起来，紧握着听筒拼命地叫嚷。

“我听到你说的话了，但是，你只要不按刚才说的去做，或者违反其中的一条，我就杀了阿茂！”

阿茂抽泣着说。

与此同时，电话“啪”地被挂断了。

佃柳静子放下听筒顿时号啕大哭起来，想到亲生儿子落入歹徒手里，还被迫像八哥鸟那样学说坏人唆使的话。此时此刻，佃柳静子悲痛和愤怒到了极点。

三谷房夫和用人们见状，聚集在佃柳静子的周围，大家你一句我一句地安慰她。正在这时，警方派出的警长和一个刑事侦查警官赶来了。

警长听完情况介绍，非常镇静。

“歹徒绑架敲诈的手法也太卑鄙了！不过，如果要我说，最好别把钱送给歹徒。你用报纸包碎纸片之类的东西，模仿纸币带在身上，总之，先去把孩子给换回来，剩下的事情由我们警方帮你处理。

“我们警方一开始就介入，只会打草惊蛇，惊动歹徒。你就按照电话里与歹徒约定的地点和时间，用报纸包起来碎纸片，模仿纸币带去就行了。”

“可歹徒多半是会当场验收纸币的真伪和数量，如果他知道是假的，那……”

三谷房夫不安地说道。

“我们会跟在你身后，事先安排几名警官埋伏在那里。万一歹徒行凶，他们便会从四面八方扑过去将歹徒抓住！

“用绑架敲诈钱财的低劣犯罪早已过时。这时还效仿犯罪，歹徒不会狡猾到哪里。再说，这种犯罪迄今很少有成功的例子。”

商量的结果，警方先在现场埋伏七八名刑事警官，佃柳静子则按照事先与歹徒约定的，独自一人去那里接阿茂回家。

但三谷房夫还是放心不下，经过一番深思熟虑，他想了这么一个办法，计划也很具体：

“我看是这样好。静子小姐，把你身上穿的衣服借给我，由我化装成你的模样与歹徒交涉。另外，你赶快去定做一个与你发型相同的假发套。具体见面地点是上野那片树林，那里光线很暗，不会被对方识破。

“届时，不管发生什么情况，我会凭借曾经学过的一点儿功夫将阿茂带回家。你这么一个弱女子去那种地方，我怎么也放心不下。”

对于这一计划，有人表示反对，可三谷房夫仍极力说服大家。

像这样的冒险行动，他尤其嗜好，心情还特别振奋。那天晚上，他戴上假发套，开始化装。

他的化装术还真有一套，即便认识他的人，乍一看，也真会把化装后的他当作女人。

“我一定把阿茂带回来，你就放心在家等吧！”

三谷房夫说完，坐上佃柳家的自备车走了。

车一到上野，三谷房夫在山脚下了车，穿过没有游人的公园，找到图书馆背后没有光线的地方，一看时间，凑巧是约定的十二点。

刑事警官们一定埋伏在周围？事先知道这一情况的三谷房夫，丝毫没有感觉到周围有什么警官。

化装成佃柳静子的三谷房夫一边警惕着周围，一边站在黑暗里等待歹徒的出现。这时，传来脚踩树叶的响声，紧接着从黑暗里出现了模模糊糊的大小两个黑影，朝这里靠近。

小黑影确实是孩子。

“你是阿茂的妈妈吧？”黑影问道。

“是的。”

化装成佃柳静子的三谷房夫模仿着女人的声音答道。

“钱带来了吗？”

“带来了！”

“那就快把钱交给我！”

“这可不行，你必须把人交给我！喂，快把人交给我！”

此刻，三谷房夫的眼睛已经适应了黑暗，他把对方模样看得清清楚楚。那人上身穿的是日本式的无领服，下身则是日本式的细筒裤，一身手艺人打扮，脸上戴着黑色蒙面套。他身边站着的那个孩子，确实像阿茂。

阿茂好像挨了毒打在不停地哆嗦，甚至看到妈妈也不敢出声，手臂被那个家伙拽着，站在那里直发愣。

“这，确实是两百万日元吗……”

三谷房夫把报纸包装的“纸币”递上，歹徒没有打开验收，一把夺过纸币，松开阿茂后转身逃走了。

“阿茂，我是叔叔，是来代替你妈妈接你回去的。”

三谷房夫立刻握着阿茂的手轻声地对他说。

这时，正在奔跑的歹徒周围响起了剧烈的响声，同时还传来喝叫声。

“哦！抓住了！”

埋伏在树林里的刑事警官似乎抓住了歹徒。

四面八方传出“哇！”的叫声，埋伏在暗处的警官们都朝那里跑去。

歹徒犹如瓮中之鳖，没挣扎两下就被警官们制服了。

警官给他戴上手铐，把他带到稍有一点儿距离的路灯下。三谷房夫牵着孩子的手朝那里跑去，无意间望了一下孩子的脸。

“啊，这孩子……”

他大声惊叫。小男孩儿长得与阿茂似像非像，满脸污垢。

“糟啦！带回来的是一个假阿茂！”

不过，歹徒被抓住了，还算幸运。只要歹徒被抓住了，什么时候都可以换回真正的阿茂。

可就在这时候，抓住歹徒的警官那里也发生了怪事。

“什么？我根本不知道绑架的事。有人给了我一万日元，让我把孩子送到这里。”

歹徒被警官扯下蒙面套后，低着脑袋说。

看到这张脸，一名警官突然叫喊：“啊，这家伙是这一带山上的乞丐，身着西服的男孩儿肯定是他的孩子！”

其他警官瞪大眼睛怒视乞丐，大声训斥。

“这么说，你把假阿茂换回赎金后送到歹徒手里，然后他给你一万日元报酬？”

“不，他没有说让我取钱，只是说那女人带来一包东西，你接过那包东西后随便扔在哪里都行。”

“什么？这就奇怪了！照你这么说，歹徒清楚这包东西不是真的钱。”警官满腹狐疑，嘴里嘟嘟囔囔地说。

“那么，你还记不记得那家伙的长相？”

“这……我根本看不清楚。他脸上戴着大黑眼镜和口罩，身上披着大衣，领子是竖起来的，把脸遮得严严实实，因此……”

“那人披着大衣？”

“是的，还是一件新大衣呢！”

“年龄看上去有多大？”

“我说不清楚，大约六十左右吧……”

警官们决定，把这对乞丐父子俩带回警署审讯。

但是，审讯结果并没有问出什么新的情况。

三谷房夫特地男扮女装，却被歹徒耍了，白走了一遭。他垂头丧气地离开现场，乘坐佃柳家的自备车返回佃柳别墅。

不料，佃柳别墅里又发生了新的事件，正在盼他回来。

“夫人刚才接到你的信后出门了……”

一见到三谷房夫回来，秘书赶紧说，满脸困惑的表情。

“信？什么信？我没写过什么信呀！信在哪里？快让我看！”

“喏，就是这封信。”

三谷房夫接过信，连手也跟着哆嗦起来。

那上面的字是模仿他的笔迹写的，非常逼真，内容如下：

佃柳静子小姐：

你立即坐这辆车来！阿茂受伤了，我刚把他送到医院，别耽搁时间，请快来！

三谷房夫　于上野北川医院

“糟啦！”三谷房夫痛苦地吼道，立刻跑到电话机旁一把抓起电话听筒。

“喂，喂，是警署吗？不好了，佃柳静子失踪啦！”他对着听筒声嘶力竭地喊道。

地　牢

那么，佃柳静子究竟怎么了？

她当时是看了那封信后，由于盼儿子心切，也顾不上考虑信的真伪，坐上停在门口的车就走了。

信上说三谷房夫在上野的北川医院，可是，车却停在非常偏僻冷清的地方。周围，根本就没有像医院那样的建筑。

“奇怪！司机，你弄错方向了吧？”

佃柳静子望着周围感到不可思议，冷不防，司机和助手悄悄溜到她背后，一把抓住她的手臂。

“没弄错，你的宝贝儿子就在这幢房子里，请进去吧！”

穿过漆黑的玄关，经过两三个没有灯光的房间，从楼梯下到地下，边上有一个充满泥土味的房间。

房间里有一盏油提灯，周围是水泥墙，地上是暗红色的草席垫，很薄。

这儿好像是地下牢房。

“阿茂呢？我孩子在哪里？”

佃柳静子尽管已经知道上当了，可还是没有断念，于是朝他俩问道。

“马上让你与儿子见面！你就静静地等待吧！”

司机用嘲笑的口气说，随后匆匆走了。

接着，传来嘎啦嘎啦的关门声和上锁的金属碰撞声。

“你们把我关在这里干什么？”

佃柳静子吃惊地跑到牢门前。

可已经连人影都见不着了。无论使多大劲儿推和拉，门岿然不动。

“怎么办？怎么办？”

佃柳静子一屁股坐在冰冷的地上。

周围死一般的寂静，她害怕极了，全身不由得瑟瑟发抖。

啊，我太轻率了！什么也不考虑就出门上了车，没见着孩子和三谷君，却赔了自己，稀里糊涂地成了阶下囚。歹徒把我抓起来的目的是什么？阿茂被他们带到哪里去了？

想着想着，也不知过了多久，佃柳静子猛地听见小孩儿的哭声。哭声好像是从上面传来的，很轻，但却是持续的。

幼小的孩子似乎在受着什么折磨。

“啊，那是阿茂的声音。阿茂！阿茂！我是妈妈！妈妈在这里！”

她摇摇晃晃地站起来放声大叫。

也许是孩子听到妈妈的喊声，哭声戛然停止了。可没过一会儿，哭声更响了，仿佛在“妈妈，妈妈”地大声哭喊着。

伴随着哭喊声的，是鞭子的抽打声。

啊，狠毒的歹徒，居然用鞭子抽打无辜的阿茂！

她再也忍不住了，又大叫大嚷起来。这时，她察觉到牢门上发生了奇怪的变化。

佃柳静子吃惊地瞪大眼睛观察着。

煤油灯光微微地照亮牢门，牢门上有一条很细的缝隙，渐渐地越变越宽，顷刻间，那里出现了黑黑的小孔。

好像有人在窥视牢房里的情况。

佃柳静子朝那个黑孔嚷道：“请帮帮忙，让我见一下阿茂！也请你们不要再打孩子了！你们一定要打，那就打我吧！”

她拼命地叫嚷。这时候，黑孔那里传来说话声。

“你真愿意代替阿茂挨打吗？”

也许是隔着房门的缘故，声音低沉，模糊。

“你既然那样说了，可以让你见阿茂，可你刚才说的话不准收回！就是那句‘代替阿茂挨鞭子’的话。”

话音刚落，黑圆孔里出现了一张人的脸。

佃柳静子一见到那张脸，心猛地咯噔一下，整个人瘫软在地，不哭也不嚷了。

那是她在盐原温泉池看到的那张恐怖的脸。

当时还以为是幻觉，可此刻又出现了。

整个脸上黏糊糊的，塌鼻梁，大暴牙，是一个怪物！

趴在地上的佃柳静子，忽然感觉后颈处嗖地刮来一股冰冷的寒气，好像是怪物进牢房了。

她仍然趴在地上，脸朝下，隐隐约约地觉得怪物在一步一步朝自己走来。

快逃！

然而，由于极度的惊慌和全身不停地颤抖，别说站起来，她就连把头抬起来的力气也没有了。

“怎么？你刚才不是撒谎吧！那好，就试一下！”

男子一走到佃柳静子跟前，就在她的背上轻轻敲打起来。就在这一瞬间，怪物的左臂碰在她的脸上。不像真的手臂，是像瓷器那样的假手臂，又硬又冰冷。

佃柳静子极力屏住呼吸，全身像被摇晃的树叶那样不停地颤抖。

“喂，你是谁？为什么要这样对待我？请说说原因！到底是为什么？”

她用力抬起头，鼓足勇气尖叫般地问对方。

不知是什么时候，煤油灯灭了，房间里一片漆黑。

怪物没有回答。

黑暗里，那个比黑暗还要黑的怪物在缓慢地走动，悄悄地朝佃柳静子靠近。

“你想干什么？”

她腾地从地上站起来。

“想逃跑吗？这里上天无路，入地无门，没有人会救你出去。”

嗡嗡的说话声离佃柳静子越来越近。

佃柳静子为了躲避，拼命地在牢房里躲来闪去，像玩捉迷藏游戏那样。就在这时候，她不知被什么东西绊倒了，啪的一声，脸朝下摔倒在地。就在这一瞬间，怪物抓住这一机会朝她猛扑过去。

“救命！救命！”

她声嘶力竭。怪物一把抓住她，“啪！”鞭子重重地抽打在她的背上。

“啊！救命……”

佃柳静子喘着粗气嚷道。

“哼！你不想见阿茂啦？要想见他就必须给我放老实点儿！”

嗖！传来与空气的摩擦声响，随即，鞭子抽打在她的背上，钻心般的疼痛。

不过，她没有停止反抗，竭尽全身力气企图推开对方，可那家伙像一堵城墙。无奈，佃柳静子只好张开嘴巴朝对方的手指用力咬去。

顿时，怪物发出惊叫声。

“浑蛋！放开……放开！你再不放开我就……”

这时，天花板上又传来阿茂伤心的哭叫声，夹杂着啪啪的皮鞭抽打声。

“你咬，你再咬，我就让这个小兔崽子饿死。”

诅咒从这个怪物的嘴里吐出。

“你明白吗？你越是反抗，我就越是给阿茂上刑。你越想见他，我越让他饱受折磨！”

佃柳静子一听这话不由得松开了嘴。

霎时，使尽全身力气的佃柳静子变得垂头丧气，再次瘫软在地上，像孩子那样哇哇大哭起来。

“嘿嘿嘿……终于想通了！反正已经这样，你再瞎折腾也是白搭，何必浪费体力呢。”

怪物用胜利者的口吻嘀咕。这时，天花板上的哭声也不可思议地停了。

哦，这家伙和上面的同伙串通好了，互相用暗号联络。我现在落到这种境地，奈何不了这帮歹徒。

该怎么办呢？佃柳静子苦苦地思索。这时，怪物嘴里又发出吼声挥起鞭子。

啪！啪！

“哎哟！”

她被打得死去活来，疼痛得在地上翻来滚去。刹那间，她觉得男子声音非常耳熟，好像在哪里听见过。

是谁？这家伙不仅知道我，还认识我。或许，他和我的关系曾经还是非常密切的。

佃柳静子快要失去知觉，在变得朦朦胧胧的记忆里拼命搜寻。就在这思索的过程中，猛然觉得整个身体被黑暗吞噬了……

消　　失

佃柳静子下落不明的第二天，佃柳别墅有一位客人来访。

“关于静子小姐失踪事件，我有许多秘密话要说。”

客人看上去年龄约三十五岁，名叫小川正一。

就这起扑朔迷离的主人失踪事件，斋藤管家不知如何处置。既然客人说他知道，倒不妨听听他怎么说。

客人一进入客厅就滔滔不绝地谈天说地，不知什么原因，丝毫没有触及主题。

管家焦急起来。

这时，电话铃声尖叫般地响了。斋藤管家赶紧离开会客室去接电话，原来是佃柳静子的一个亲戚打来问情况的。

老人接完电话回到客厅，发现刚才自己接待的客人不见了。客人的皮鞋还在玄关内侧的鞋柜里，却不见他在客厅。老人赶紧喊来大家分头寻找，就是没有找着客人的下落。

“咦，奇怪！主人生前用的书房，门内侧好像上了锁，怎么也推不开。”

在二楼寻找的秘书喊道。

“我到院子里去，把梯子架到窗上，爬上去隔着窗户看看里面的情况。”

秘书说完，朝院子里跑去。

不一会儿，梯子搬来了，秘书把梯子架在二楼窗前，迅速爬了上去。隔着窗玻璃朝里窥视，房间里昏昏沉沉的，怎么也看不清楚。

“把窗子打开看看。”

跑到梯子边上的斋藤管家朝上面喊道。

“窗子里面应该上了插销的……”

秘书这么说着，两只手使劲儿摇晃距离他最近的那扇玻璃窗。

“哎呀，奇怪！”

秘书直犯嘀咕，使他感到意外的是，窗子居然打开了。

秘书立刻翻窗爬到房间里。

就在这时，传来“哇！”好像被勒住脖子的叫喊声。

“怎么啦？”

另一个站在木梯边上的秘书朝上面大声问道。

房间里没有回答。

少顷，窗口出现了秘书苍白的脸。

他用右手当作帽檐放在眉毛上遮挡外面的阳光，不停地眺望梯子旁边。突然，他朝院子胡乱地挥起手来。

“血！血！在流血！”

“怎么啦？受伤了吗？”

“有人倒在地上，浑身是血……”

“什么？谁出事了？不会是刚才的客人吧？你磨磨蹭蹭地干什么呀！快开灯！”

斋藤管家站在梯子边大声训斥秘书，自己也沿着梯子往上爬，另一个秘书紧跟在他身后爬了上去。

佃柳静子那死去的丈夫佃柳庄藏，生前十分喜爱古董，书房里那座古董佛像是他生前收藏的。

可现在，那座叉开双腿伫立着的佛像脚边，躺着一个浑身是血的男子，而且就是刚才的那个客人。

“奇怪！凶手到底是从什么地方来的？又是从什么地方逃走的？”

茫然不知所措的秘书，这才弄清楚了死者是何人，嘴里自言自语。

房门内侧上了锁，可窗的内侧没有上插销。凶手从这么高的窗户进出，应该是不可能的。

更让人奇怪的是，这个叫小川正一的客人为什么事先也不说一声就独自进入二楼书房呢？还在房门内侧上了锁。

他到底在房间里干了一些什么？

斋藤管家立即打电话报警，详细报告了这一情况。秘书让用人卸下梯子搬走，关上窗户插上插销，打开房门来到走廊，再从外侧锁上房门。接着，秘书下楼去了。

谜一般的小川正一尸体，被锁在书房里。

三十分钟过后，当地警署和警视厅的警官赶来了。著名的中村警长是带队警官，来自警视厅刑事侦查科。

警官们从斋藤管家那儿听完情况介绍，朝二楼书房走去。

“房间里，我们一点儿也没有动过，保持了现场。不用说，我们的手连尸体也没有碰过。”

管家一边这样说着一边打开门锁，门开了，大家一起涌入书房。

灯光照亮了房间里的所有角落。

“咦，房间里好像有人动过……”

走进房间的警官们惊讶地嚷道，转过脸看着斋藤。

“什么？”

斋藤管家用吃惊的叫声回答了警官。

刚才的尸体已经不知去向。

管家赶紧跑到窗前检查插销，窗户被关得紧紧的，插销也牢牢地插在孔里。咦……他满脸困惑，瞪大眼睛扫视四周。

“奇怪呀，当时，两个秘书和我都在一起的呀，目睹了当时的情况。这地上，确实躺着一具浑身血迹斑斑的尸体。”

斋藤管家大惊失色，呼吸急促起来。

中村警长在他手指的地上，弯下腰仔细搜索。

“你说的情况是事实，这里还有血迹。”

他边说边用手指着厚厚的地毯上面。

由于这是黑色地毯，乍一看很难发现上面沾着的污垢。但用手一摸，手指便沾上了血。

警官们立即分头在房间里展开搜索，可是什么线索都没有发现。

“把用人全集中到这里来，一个也别漏掉！他们也许知道点儿什么？”

根据中村警长的命令，用人们全集中在楼下客厅里，两个秘书、两个用人以及奶妈。

“咦，阿菊去哪里了？”

“哦，去看望西古玛了。”

西古玛自从前天受伤以来，一直躺在院子的犬窝里，用人们轮流护理。

按斋藤管家吩咐，一名秘书跑着去院子喊阿菊。

他去了好一会儿，结果大声叫嚷着跑了回来。

“糟啦！不好了！阿菊被杀害了。”

一听这话，警官们立刻朝现场疾跑。

在距离犬窝不远的草坪上，阿菊仰脸朝天躺在那里。皎洁的月光，阴沉沉地照在阿菊的脸上。

贼　　窝

中村警长跑来了。

“不要紧！这人只是休克，身上没有受什么伤。”

经过简单抢救，阿菊终于醒了。她迷茫地打量四周，脸上的恐怖表情难以形容。

“啊，是在那里！有人站在那片茂密的树丛里朝这边窥视。”

“是谁？谁在窥视？”

“啊……我害怕！”

“没有什么可害怕的！瞧，有这么多人在这里，快大胆地说呀！”

在警官的耐心开导和鼓励下，阿菊终于说了：

“我听到西古玛大声吼叫，猜想它可能伤口疼痛，急忙赶到犬窝，想了解一下情况。不料，发现西古玛瞪大眼睛紧盯着距离很远的那棵大树背后，不停地吼叫，好像发现了什么。

“看它的架势，似乎打算朝那里扑去。但由于脖子上被管家系上了铁链，只能朝那里吼叫。我朝那片树丛背后望去，见那里藏着一个可怕的怪物。”

“哎，什么怪物？是人还是动物？”

“嗯，像人脸，又像骷髅脸。长长的牙齿裸露在外，没有嘴巴，没有鼻子，可怕极了……”

“哈哈哈……你不是在做梦吧？因为觉得害怕而出现了幻觉。这世上，哪有像你说的那种人！”

这时，又传来西古玛的吼叫声。

“听，又在吼叫了。我害怕！那家伙肯定还在那里。”

阿菊紧靠着中村警长。

“奇怪！谁到那里去搜一下！”

一名警官正要去那里搜查。

“瞧！在那里！”

大家的视线一起朝阿菊手指的方向望去。

那家伙果然在！蹲在高高的水泥围墙上，目不转睛地注视着这里。

嘿，还真是一个怪物！阿菊说得没错，一个活生生的骷髅脸。

“喂！站住！”

警官相继喝道，朝围墙那里扑去。但是，怪物的动作更快，一个鲤鱼闪身，跳下围墙消失了。

警官们有的翻越围墙，有的从大门绕到围墙外，争先恐后地追赶。

怪物在没有行人的住宅街上像飞似的朝前奔跑，身上披着的那件黑风衣不停地随风飘荡。

浑蛋！这家伙打算干什么？

令人不可思议的是，怪物竟然朝着闹市中心的大街跑去。中村警长正要提醒跟在身后的警官们。这时，跑到街角的怪物忽然朝停在那里的一辆轿车跑去。

只见他猛地拉开车门坐了上去，随即，轿车沿着黑夜的大街风驰电掣般地奔驰起来。

一名警官立即喊来一辆出租车，中村警长上车后大声对司机说道："快追上前面那辆车！速度越快越好，拜托了！"

从一条寂静的大街驶向另一条冷清的大街，怪物乘坐的车都是选择没有行人的道路飞驰。追赶的出租车也在后面奔驶。两辆一逃一追的轿车，从神宫外苑穿过青山墓地。

不一会儿，前面那辆车驶入一条非常寂静的住宅街。道路两边是大型住宅，高高的围墙一眼望不到尽头。车忽然停了，车门打开后猛地窜出一个身披黑风衣的男子，朝一条狭小的巷子里跑去。

巷子两侧三米高的围墙之间距离非常狭窄，两边围墙向前延伸着。

"咦，奇怪！这家伙藏到哪里去了？怎么连人影也不见了。"

其中一个警官来到巷子里，不可思议地嘟哝着。

从怪物逃走一直到警官赶到，这中间仅仅隔了几十秒钟，可怪物竟然像烟雾那样消失了。无论他跑得怎么快，不可能在瞬间穿过这么狭长的围墙。再说，这巷子里根本就没有可以藏身的地方。

忽然，对面走来一个散步的行人。

“喂，你是否看到有人朝你来的那方向奔跑？”

警官大声询问。

“没有，我没看见。”

那人停住脚步，吃惊地答道。

警官着急起来，抬头望了一眼高高的围墙，心想，要爬上三米高的围墙谈何容易。

中村警长喊住刚才擦肩而过的行人。

“喂，喂，请你站住。”

“什么？有什么事吗？”

那男子又吃惊似的转过脸来。

中村警长径直走到他身边，不客气地盯着那张脸琢磨。如果怪物突然不翼而飞，很有可能化装成行人。

然而，男子与怪物没有一点儿相似的地方，是五官长得很端正的青年。无论体型还是服装，与怪物没有相同的地方。更重要的是，他的左手和右手都是正常的。可见，青年不是怪物。

为慎重起见，中村警长询问了男子姓名。

“啊，你问我吗？我叫三谷房夫。”

一听这名字，其中一个警官惊叫起来。

“什么？你是三谷君？你的家在这里吗？”

“是的，就在前面的青山公寓。”

“中村警长，他是佃柳家的熟人。前几天，不就是他扮演成佃柳夫人去上野树林接孩子的吗？就是他呀！”

“是的，今天，我在佃柳别墅一直待到傍晚，还是刚到家吃完饭洗了澡的呢！你们也是为了佃柳家的失踪案在奔忙吧……”

“是的，又发生了一起凶杀案。那个怪物模样的凶手被我们一直追到这里，可是……”

中村警长简短扼要地把情况说了一遍。

“啊，如果是那个怪物，静子小姐曾经在盐原温泉池见过一次。看来，那不是瞎编，也不是幻觉，确实有这么回事。怪物从一开始就与案件有关。”

“那，你有线索吗？”

“嗯，有那么点儿线索。”

三谷房夫抬起头望着左侧围墙说：

“围墙里是一幢奇怪的别墅，我常路过这里，并且在路过时保持了高度的警惕。由于大门长期紧闭，原以为是一幢没人住的空别墅。可是，据说有人发现半夜里有灯光，还有人听见里面有哭声。

“附近的人称它是妖怪别墅。看来，你们追赶的怪物也许采用了什么方法翻越围墙闯进了那幢妖怪别墅里。”

中村警长当即决定搜查这幢别墅。

他留下一名警官，带着其他三名警官在三谷房夫的带领下来到别墅大门前。

门敞开着，玄关门也没有上锁，轻轻一推就开了。

里面漆黑一片，仿佛即便放声大喊也不会有人出来。

大家在玄关没有铺设地板的地方站了一会儿，观察里面的动静。

这时候，从黑暗深处传来轻轻的哭声。

“咦，好像是孩子的哭声！”中村警长竖起耳朵听。

“不会是佃柳家的阿茂吧？”

三谷房夫觉得声音有点儿像，凑在警长耳边说。

“阿茂？噢，是佃柳家那个被绑架的孩子吗？嗯，如果这里是歹徒的窝点，也许母子俩都被关押在这幢空住宅里的某个地方。好，进去搜查！”

中村警长下了决心。

“你们在门外把守，如果有人逃走就将他抓获。”

警长命令警官们，自己和三谷房夫一起朝玄关里走去。

房间里也是一片昏暗。两个人决定分开，并且一个房间一个房间地挨着搜查。他们各自打着手电。

所有房间都是空荡荡的，没有发现任何人。中村警长感到失望。

刚才的哭声也许是错觉？

他一边想一边朝最里面的房间走去，不经意地拧开开关。

刹那间，黑旋风般的怪物横着穿过房间，窜向走廊。

“站住！你这个浑蛋！”

听到警长的叫声，可疑的影子回头望了一眼。

啊，是那张脸！是那张骷髅般的脸，刚才还站在佃柳别墅围墙上笑呢！

“三谷君，我发现那家伙了！正朝你那儿逃跑，快抓住他！”

警长一边吼叫一边跑向走廊，跟在怪物身后追去。

“在哪里？”

走廊尽头的那个房间里，传来三谷房夫的叫喊声。

“是那个骷髅模样的家伙，没有碰上你吗？”

“没有，我这个房间里没有怪物。”

怪物确实沿着走廊朝左转弯的，那里都是三谷房夫搜查后离开的房间，两侧是紧闭的防雨木门。

这家伙到底逃到哪里去了？

他俩精神振奋，又开始一个房间一个房间地搜索。凡可以藏人的地方全都搜查遍了，包括厕所里也没有放过，还是没有看到怪物影子。

两个人最后找得不耐烦了，谁也没有说话，目瞪口呆地相互对视。

突然，三谷房夫竖起耳朵。

“听，有孩子的哭声。”

两个人循声踮起脚尖朝那里走去。

“好像是厨房？”

“不，不可能是那里，厨房刚搜查完毕，理应亮着灯的。”

中村警长踌躇再三，可三谷房夫还是迅速地朝厨房走去。

“啊！”三谷房夫突然叫了起来。

中村警长连忙朝他那儿跑去，只见他铁青着脸，眼睛紧盯着厨房的角落，两腿像弹棉花那样颤抖着。

“确实是那个家伙！他取下盖板后去院子屋檐那里了。”

中村警长一个箭步过去掀开盖板。

“啊，是暗道口！”

盖板下面是水泥楼梯。唯有那一部分像箱子形状，与地板下面分开。怪物绝对不可能朝外逃跑，已经是瓮中之鳖了。

他俩小心翼翼地走下楼梯，中村警长手里握着枪。

楼梯的最下端有门，孩子的哭声就是从那里传出的。不知何故，钥匙插在门锁上没有取下。中村警长将钥匙朝右转了一下，“啪！”门开了。

与此同时，里面和外面传出惊喜的尖叫声音。

佃柳静子和阿茂这对母子俩在房间里紧紧拥抱在一起。

“静子小姐！”

三谷房夫兴奋地朝母子俩身边跑去。

中村警长对此似乎并不满足，瞪大眼睛搜索房间内外，但没有见着怪物。

除了刚才下来时经过的楼梯外，这地下牢房里没有出入口。可怪物确实是逃到这里的，为什么会无影无踪了呢？

一问佃柳静子，方知阿茂是昨天被歹徒带到这里的，但除此之外什么也不知道。阿茂由于饿着肚子，再加上恐惧，还在哭泣。

把守门口的警官也说，根本没有看到怪物的影子。

谜一个接着一个，怪物竟然在瞬间销声匿迹了。

揭　秘

返回佃柳别墅，阿茂由于精疲力尽和受到惊吓正发着高烧。佃柳静子两三天里闭门不出，几乎不与任何人见面。

中村警长向母子俩提了各种问题，但还是没有得到任何有价值的线索。

三谷房夫还是每天来佃柳家，陪伴佃柳静子并与她聊天。说到亲戚，佃柳静子平时也不与他们来往。

就说管家斋藤老人，虽说是一个古板正直的男子，可一遇到这种时候就束手无策了。眼下，佃柳静子唯一能依靠的便是三谷房夫了。

佃柳静子回来的头两天里，似乎一切平安无事，怪物什么动静也没有。然而三天过后，她周围又相继发生了一些恐怖的怪事。

骷髅脸有时候出现在卧室窗外，有时候出现在化妆镜子里，有时候出现在客厅门背后。一旦出现，便紧盯着佃柳静子的脸。

怪物到底是从哪里冒出来的，又是从哪里消失的呢？简直像谜一般。

佃柳静子的身体似乎在一天天地衰弱。见到她这般模样，三谷房夫看在眼里急在心里。有一天，他实在忍不住了，对她说："你再这样下去，身体总有一天会被拖垮的。要侦破这起案件抓住怪物，只有委托大侦探明智小五郎了。"

征得佃柳静子同意后，三谷房夫立即坐车去了茶水町那里的开化公寓。

大侦探明智小五郎在这幢公寓里，租借了二楼面朝大街的三个房间，用作住所兼事务所。

三谷房夫一敲门，出来一个大约二十岁的青年。他是明智小五郎的得力助手，叫小林芳雄。

明智小五郎靠在大客厅里那张有扶手的大椅子上，正在抽着埃及进口香烟。隔着烟雾，可以看见他那松乱的发型，亲切的面庞和机智敏锐的目光。

不一会儿，他的女助手文代小姐，端着茶笑盈盈地进来了。

三谷房夫坐到他对面的椅子上，把自盐原温泉以来所发生的一连串事件作了详细的叙述。

"总之，我们实在是无法弄明白事件的起因。我不相信这世上有什么魔鬼，但面对这一系列的事实，又不得不这样认为。否则，无从解释。”

“那是经过精心策划的系列犯罪。似乎不管什么时候和场合，凶手都在制造假象。”明智小五郎始终面带微笑，认真听着三谷房夫的情况介绍。刚才，他总算开口说话了。

“哦，对于骷髅脸凶手，你可以提供什么线索吗？”

三谷房夫一听脸色变了，望着明智小五郎的眼睛。

“好的，我还不曾对任何人说过。但是，一直怀有这样的疑问。不过，那仅仅是我个人的猜测而已。”

三谷房夫说到这里停顿了一下，环视一下周围。房间里，除了他和大侦探明智小五郎外没有其他人。

“那，你刚才说的疑问呢？”

“打个比方吧！硫酸之类的东西可以使人烧成重伤，在伤势痊愈之前需要多少时间呢？如果有半个月的时间，也许就足够了？！”

“嗯，大概半个月就行了。”

明智小五郎不知何故，饶有兴趣地望着三谷房夫。

“看来，这可怕的想象成真了。”

三谷房夫的脸色仍然苍白，他接着往下说道：“这一回的歹徒，绑架索要钱财。如果稍稍考虑一下，好像目的是为了金钱，可我不那么认为。歹徒肯定与静子小姐之间有什么仇恨，是把绑架她作为复仇目的。作为证据，当时，歹徒一定要她本人把钱带去赎回阿茂，其真正的目的是要绑架她。”

“说得有道理。”

“就像我刚才说的那样，在盐原温泉出现的妖怪男子，是冈田道彦离开温泉旅馆半个月后出现的。”

“可是按你的说法，冈田道彦是跳入瀑布潭自尽的呀？”

“是啊，社会上大家都这么说，也都这么认为。但是，冈田道彦的尸体仅仅是根据他所穿的西服，随身携带的东西，年龄和身高断定的。他死了十多天了。其实，从他的身上没有得到任何证据。”

“照你所说，死者脸上的五官已经模糊不清了？”

明智小五郎向前探出身体问道。

“是的，也许被水流冲走撞在岸边的岩石角的缘故，脸上的五官几乎分不出了。”

“也就是说，你的看法是，河里发现的是个假冈田道彦的尸体，而真正的他则用硫酸之类的药剂改变了自己的脸，变成妖怪活在这世上。是这样的吧？”

“是的。并且，他还有假手和假脚。”

“这，简直无法用常识来考虑他的行为。”

明智小五郎歪着脑袋自言自语地说。

“那是你不知道冈田道彦君的缘故。这家伙精神失常，据说过去是个画家。像艺术家这类人物，往往会有我们常人无法想象的举动。”

明智小五郎静静地听着。三谷房夫继续往下说：“从现象上看，冈田道彦无论如何想娶倔柳静子为妻。最后，他竟发展到想出用毒药与我决斗的绝招。一旦败给了我，他又不甘心，从而一手制造了这一连串的罪恶案件。我想大概是这样的。然而，这家伙的目的好像不光是娶倔柳静子为妻。如果仅仅是这一目的，似乎太枉费心机，太绕圈子了……因此，我猜想，肯定还有什么不可告人的目的。”

“例如？是复仇吗？”

“是的，那家伙一定是针对我复仇。我把这些想法告诉给你，委托你侦查这起案件，是因为我害怕那种复仇。”

“冈田道彦原来的住宅你知道在哪里吗？”

“我在温泉宾馆得到过他给的名片，应该是在涩谷一带。”

“你还没去那里问过吗？”

“没有……”

“不管怎么说，你必须去那里。我想先去探访一下那个贼窝，调查一下歹徒究竟采用什么魔法消失，又采用什么魔法出现的。我调查以后就可知道歹徒的真实面目了。”

“如果不妨碍的话，请现在就去好吗？”

明智小五郎对这起案件颇感兴趣，立即点头应允。

三谷房夫打完招呼后，走在头里来到玄关。突然，他从门下边的缝隙里发现了一封信。

“先生，好像是一封信。”

三谷房夫拾起信后交给明智小五郎。

“谁寄来的？”明智小五郎自言自语，拆开信封看了一遍。

“三谷君，怪物已经知道你来我这里了。”

他笑容可掬地把信递到三谷房夫的手上。

明智君：

你好！

你终于出马了！不过，你可要小心！这起系列杀人案非同寻常，与你过去侦破的案件根本不相同，难度很大。当然，我已经知道你接受了被害人要求侦查这起案件的委托……

信的内容如上所述。

“那家伙好像偷听了我们之间刚才的说话内容？！”

“偷听是不可能的！我的声音很轻，门外不可能有人听见，你说话的声音也很轻。看来，歹徒多半在跟踪你。”

“嗯，歹徒有可能在这一带转来转去，多半是企图跟踪我们俩。”

三谷房夫越是担心，明智小五郎越是笑嘻嘻的。

“如果跟踪我们俩那太好了……”

他劝三谷房夫别害怕，坐到停在玄关门口的出租车后排座位上。

在车里，明智小五郎十分注意车尾是否有跟踪车辆。然而，并没有发现这种可疑情况。由于案件非同一般，歹徒一旦察觉到两个人的去向，也许会绕道抢先赶到前面。

他俩在那幢所谓的妖怪别墅稍前一点儿的地方下了车，走着来到那里。紧闭的门上有一把看上去十分牢固的大锁。那是警方的大锁。

“没有钥匙是进不去的呀！”

三谷房夫脸上露出为难的表情。

“我们绕到后面去！那里是歹徒消失的地方……”

“后面不行！既没有后门，围墙也很高……”

“歹徒是从那里潜入的吧？歹徒能进去，我们也可能进去。”

明智小五郎走在头里朝别墅后面走去。

“是这里吧？”

“是的，就像你看到的那样，没有梯子爬不上去的。瞧，围墙上还插满了碎玻璃片。”

“那天晚上有月亮吗？”

“有啊！那天晚上像白天那样明亮。”

明智小五郎抬起头观察了一下两侧的围墙，随后打量了一下地面，突然在宽敞的道路上跑了起来。接着，他陷入沉思。

不一会儿，他笑着说起了怪话：“如果歹徒是从这里进入别墅而躲避我们视线的，说明这一带肯定有出入口。其特点隐蔽，很难发现……”

“你是说，这围墙上有出入口？”

“嗯……我的猜测是不是有道理，现在很难说。总之，我先想象一下歹徒当时的举动，模仿着试试看！你就扮作当时的警官在后面跟踪我。”

三谷房夫瞠目结舌，好像被明智小五郎这番话深深吸引住了，加上他天生就有强烈的好奇心，便按明智小五郎的吩咐，模仿跟踪歹徒的警官。

三谷房夫站在大街对面二十米左右的地方，明智小五郎则站在路边转弯处。

根据大侦探的信号，两个人同时奔跑。明智小五郎一拐入转弯角便消失了。三谷房夫喘着粗气跑到明智小五郎刚才站的地方，环视了一下巷子。

“啊！”他不由得大声嚷道。

明智小五郎消失了。

“三谷君，三谷君。”

不知从哪里传来喊他的声音，还传来拍手的声音。那声音，确实是从高高的围墙背后传来的。

三谷房夫走到声音传出的围墙跟前，朝四处张望。可凡能看到的地方，什么可疑迹象也没有。突然，从他的背后传来“嘎噔”的奇妙响声。

注意力全部集中在围墙一侧，而对面道路那里却传出声音。于是，他紧张地转过脸来，却发现明智小五郎站在背后。

“哈哈哈……”

明智小五郎愉快地笑了。

“还不清楚吗？其实，这只不过是愚蠢的雕虫小技罢了。”

三谷房夫望着明智小五郎的脚底下。

“啊，原来是这么回事。”

“这回该清楚了吧？怎么样？歹徒利用下水道隐蔽自己，这，纯属骗孩子的把戏。像这种下水道，就像路边的小石块，谁也不会去注意。”

“嗯，被你这么一说，我知道是怎么回事了。咦，这么狭小的巷子里有下水道，你不觉得奇怪吗？”

“是的。我已经察觉到了。仔细看，瞧！这下水道盖子的正中央有轴，只要稍稍卸下这里的固定栓，就能将它旋转开，这就是机关。”

明智小五郎一边说一边按紧铁盖旋转，于是，出现了正好能容纳一个人出入的洞口。

“也就是说，这下水道其实是地下通道的出入口！”

两个人穿过洞口，沿着地下通道来到围墙内侧，地下通道一直通到仓库小房间的地下。那里有一块盖板。盖板的上面是地面，盖板的下面便是地下通道。

“如果是特意建造了这样的暗道机关，应该说，歹徒确实动了一番脑筋和花了大力气。因为，这是一项不小的工程。”

明智小五郎仍然愉快地说着。

两个人干脆打开通向厨房的拉门走进厨房，那里的地板下面便是地下室，也就是佃柳静子曾被关押的地方。

石膏像

三谷房夫有点儿发怵，站着愣了好一会儿。最终，他还是下定决心，一走进厨房便卸下地下室入口处的盖板。

“是这里！这下面是地下室，但如果没带手电可就……”

“我带打火机了，让我先下去吧！”

明智小五郎“啪”地点燃打火机，沿楼梯朝地下室走去。地下室门敞开着，眼前的是水泥墙、水泥顶和水泥地面。

他找到了放在角落里的煤油提灯，用打火机将灯芯点燃。煤油灯光下房间朦朦胧胧的。他再次返回楼梯四处打量，仔细观察。少顷，他熄灭打火机，朝还在楼上的三谷房夫喊道。

“三谷君，请你也下来！”

在声音的鼓动下，三谷房夫慢慢吞吞地沿着楼梯往下走，走到一半的时候，他朝地下室瞟了一眼。

“明智先生，你在哪呀？明智先生……”三谷房夫的叫喊声越来越响，他还不时左右张望，可就是看不见明智先生的人影。他尽管战战兢兢的，还是极力克制着逃跑的念头，提心吊胆地朝地下室走去。

来到地下室后，开始在房间里寻找。

没想到，明智大侦探犹如一团烟雾已经消失得无影无踪了。

三谷房夫大吃一惊，害怕得不知如何是好，急忙转身打算逃出地下室。

“三谷君，三谷君。”这时候，又传来明智小五郎的声音。

“你在哪里？你在哪里呀？”

“哈哈哈……我在这里哟！”

声音，来自三谷房夫的头顶上。他抬起头朝上仰望，明智小五郎犹如蜘蛛牢牢地粘在楼梯天花板上。

“怎么样？这就是歹徒的所谓魔术。这两侧有支撑天花板的横档，只要把手和脚用力顶住，下面经过的人根本发现不了。”

明智小五郎敏捷地跳了下来。

“你们进入地下室后忙着摸黑在地上搜索，而歹徒则从天花板上轻轻跳到楼梯上悄悄逃离了地下室。哈哈哈……这种圈套是哄骗孩子的把戏，不值得一提。”

就这样，两个谜一般的疑点被轻松解开了。三谷房夫似乎觉得自己越来越傻了，觉得已经没有必要调查在走廊上与歹徒擦肩而过的情况了。

两个人在别墅内调查完毕来到外面，沐浴在秋天明媚和煦的阳光下谈论起来。大侦探眯起眼睛望着刺眼的阳光，喃喃自语道："说实话，我有一种难以言喻的奇妙感觉，是呀，尽管我并没有把它放在心上，但是……"

明智小五郎似乎不打算继续往下说了，抬起头笑嘻嘻地回头望着三谷房夫。

"嗯，现在最重要的是调查冈田道彦的原居住地。"

两个人乘上出租车离开被称为贼窝的空别墅，车一路飞驶，最终，停在东京西面尽头的郊外。那里还留有武藏野的痕迹。

冈田道彦的绘画雕塑室，在一片杂草丛生的空地里。

也许房子还空着？瞧门和窗都关得紧紧的。

两个人费了好大的劲儿才找到房东。

"那房子好像空着，如果你愿意出租，能否先让我们看一下？"

明智小五郎与房东交谈。

"你们也是从事绘画和雕塑的吗？"房东打量他们一眼问道。

看外表，房东年龄四十岁左右，给人感觉像是一个贪得无厌的家伙。

"我们是冈田道彦生前的朋友，都是同行。"

明智小五郎急中生智，应付房东的提问。

"可那房子租价很贵，当然，贵是有特殊原因的。"

“你是说房租很贵？”

“是的，不是普通租价。因为，不单单是租房，连同里面的东西也必须租下。冈田君留下的大型雕塑，也得请你们租下。”

据房东说，雕塑室里雕塑家留下的作品，已经由他买下。

冈田道彦在这房屋里居住了两年时间。这期间，既没有亲戚也没有朋友来看他，单身一人在这里生活。他死后的后事料理全由房东承担，于是，里面所有的遗物全归属了房东。

冈田道彦留下的遗物里面，最值钱的是那座雕塑。

“那到底值多少钱？”

“嗯，如果便宜一点儿，至少值五十万日元。”

“价格还真不低呢！是谁的雕塑作品？”

“当然是冈田君啦！这情况我不说你们可能不会知道。冈田君葬礼结束后有一个画商前来问价，一定要买下这座雕塑。我问他出什么价，他说五万日元。

“其实我一点儿也不清楚那座雕塑的真正价值。由于画商百般央求我出售，我便故意不卖。这招果然灵验，画商渐渐把价格抬到了七万八万，最后又上升到十万。

“我觉得暂时不能卖，拖延或许能以更高的价格出售。可以说，我这时的贪财欲望也在逐渐增强。对方好说歹说，我始终装作不卖。最终，画商无可奈何地走了。

“第二天果不出我所料，画商一清早就来了，愿意出二十万日元的价格买下，可我觉得售价还可上升，当然不清楚能上升到什么程度，仍坚持不卖。那以后还没过三天，画商居然把买价提升到五十万日元，我这才决定成交。

“那个画商说他马上带现金来取，可半个月过去了还是杳无音讯。不过，有了这么一个故事也不错，使我知道了它的真正价格。因此，租房给你们使用可以，但困难很多，我还得把那座雕塑搬到别处。然而，雕塑体积十分庞大，也很难找到存放它的地方。

“试想，如果把它放在露天日晒雨淋，五十万日元的雕塑就会一钱不值。怎么办？我现在让你们欣赏那座雕塑，如果有意，请买下它，怎么样？只要能接受这个买价，随便哪个买主我都出售。”

房东笑嘻嘻地说着，打量着他俩脸上的表情。

这番话太有趣了！冈田道彦的作品，不可能有出那么高价的买主。

“这样吧，先让我们看一下。”明智小五郎说。

房东赶紧为他俩带路。

雕塑室约三十平方米，天顶高得像寺庙殿堂的顶。画也好，石膏像也好，堆放得乱七八糟，满地都是。房间正中央放有一座大石膏像。

“喏，就是这个。”房东一边说一边揭下遮在石膏像上的布。

确实是一座巨大的石膏像。

“哇！这么大！嗯，可我觉得这雕塑手艺不怎么样。”三谷房夫说道。

像小山那样的石膏像台座上，共雕刻有八个女人，都是浑身一丝不挂，有的躺着，有的蹲着，有的站着，总之，形态各异。

可这座石膏像，怎么看也不像雕塑家的作品，说它是孩子的作品，或者说它是石膏块，也许比较恰当。因此，像这样的石膏作品，就是卖到五万日元也是高价。总之，这是一堆不可思议的石膏块。

“那个买主长什么模样？”

“嗯，是一个怪人，一只手和一只脚好像是残废的，视力可能也有障碍，戴一副黑眼镜，大口罩盖住了他的鼻子和嘴，说起话来含糊不清，很难听懂。”

大侦探和三谷房夫听完这番话，不由得相互对视了一眼。

“嗯，又是那个家伙。”

那家伙为什么如此想要这座石膏像？

明智小五郎嘴角上的微笑突然不见了，似乎在苦苦思索。

“冈田道彦为什么要制作这么大的石膏像？他跟你说过什么吗？”

“嗯……对不起！你们是干这一行的，应该能想象他追求某种意境。但对我来说，无法明白他追求的是什么。”房东苦笑着说。

“那么，石膏像是什么时候制作完成的？”

“嗯……这么说吧，冈田道彦也是个怪人，平时在家时从不开窗，还在房门内侧上锁，大白天也亮着灯。这一带的人都说，这幢房子从来不开窗……”

“奇怪的画商出那么高价却迟迟不来取这座石膏像，你不觉得奇怪？”

“不管怎么说，是五十万日元哟！也许画商还没有筹集到这笔资金？可我看得出来，那男子无论如何想把这座石膏像买回去。”

“他的想法可能已经改变了？你再怎么等，也许他也不会来取了。三谷君，我觉得越来越有趣了。”明智小五郎这么说完，仔细打量一个个女子像。他还用手指弯曲的关节部位敲打其中一个石膏像的肩膀。

“瞧！这么粗糙的石膏作品里，只有三个女子像做得非常精细，其他五个女子像根本就无法比较。”

五个粗糙的女子石膏像背后，藏有三个栩栩如生的女子石膏像。

也不知是什么时候，暮色已经笼罩整个雕塑室。暗淡的光线模糊了粗糙的制作工艺，石豪像给人一种栩栩如生、被注入生命的感觉。

“一直这样盯着看，石膏像会带给人一种莫名的畏惧。”

房东紧锁着眉头，似乎害怕起来。

此刻，三个人展开了各自的想象，直愣愣地伫立在昏暗的房间里。

“喂，你干什么？”

突然，房东尖叫着跑到明智小五郎身边，可还是晚了一步。

只见明智小五郎朝其中一个女子像腰部猛踢了一脚，也许是感到讨厌的缘故。房东不高兴也不是没有道理，毕竟是价值五十万日元的石膏像。眼下，这座高价石膏像有了破损。

“你这人是不是精神病，你说该怎么赔偿吧！”

房东瞪大眼睛紧盯着明智小五郎，气势汹汹地摆开架势责问。这座挨了一脚的石膏像，腰部出现了三十厘米的口子，那里的石膏片纷纷掉落在地，“伤口”处裸露出黑色的布。

明智小五郎没有吭声，蹲在“伤口”旁边仔细调查，似乎没有听见房东在嚷什么。少顷，他慢慢地站起身来，侧过脸望着房东，眼睛里露出了兴奋的目光。

“像这么粗制滥造的石膏像为什么值那么大价钱？我很想知道这原因。倘若它真值那个价，说明这石膏像里面肯定藏着什么高价物品。也就是说，真值那个价？还是一钱不值？倘若是前者，那里面肯定藏有极其秘密的东西。”

“照你这么说，里面究竟放的是什么东西呢？”

听了明智小五郎这番话，房东变得饶有兴趣起来，不再像刚才那样发怒了，而是恭恭敬敬地询问。

“只要看一眼就能知道，你查一下那裸露的部分吧！”

于是，房东走到石膏像跟前摆弄起那块黑布来。

“啊！”房东突然惊叫起来，脚连连后退，脸色大变。

明智小五郎见状扑哧笑了。

“明白了吗？那个奇怪的画商就是杀人凶手冈田道彦！你难道丝毫没有察觉出来？”

“什么？照这么说，在盐原温泉那儿死的人不是冈田道彦……”

“嗯，多半是伪装的吧？他杀了人，只有想方设法隐蔽自己才是。”

“那，冈田道彦化装后来我这里买石膏像？”

“是啊，眼下只有这么认为。”

“那，这里面到底是什么物品？难道是……”

“是的，就同你想的那样，是女人的尸体，并且是三具……”

“胡说！这怎么可能……”

“是我胡说还是怎么回事，让我检验一下好吗？”

话音未落，明智小五郎使足力气朝石膏像踢去。随着哗啦啦的声响，石膏像表面的石膏片被踢得像雪片那样朝四处飞溅。

绑　架

就在三个女子像被踢成碎片掉落的同时，传来了一声巨响，“哗啦！”窗玻璃四分五裂。

明智小五郎敏捷地跑到窗前。

“这家伙的动作还真利索，已经跑得无影无踪了。”

明智小五郎自言自语。

房东紧盯着被砸坏的窗玻璃。

“肯定是那些小淘气鬼干的！他们经常聚集在背后的空地上玩，真伤脑筋。”房东喃喃自语。

就在这时候，明智大侦探察觉到脚底下有白色东西。

是小纸包，里面包着小石块。摊开后，他发现是一封用铅笔写的信。

明智君：

别狗拿耗子多管闲事！这是给你的最后警告。不听劝告，你会后悔莫及的。

又一封来自怪物的信，上面写有威胁明智大侦探的内容。

“畜生！”

明智小五郎还没等骂出口，已经翻越窗台跳到窗外，但他又立刻回来了。

“不可思议！”

他在房间里展开了仔细搜索，不仅没找到扔石块的家伙，而且连任何线索也没有发现。虽说已经暮色降临，但还没有到暗得什么都看不清楚的程度。如此这么大一片空地，仅二三十秒钟的时间是不可能逃之夭夭的。

“依我看，歹徒所以这样做，是因为害怕秘密被彻底揭露。我刚才的举动已经激怒了歹徒，于是，他才会朝玻璃窗扔起了石块。

“不过，这么一来，反而更坚定了我一定要抓住歹徒的决心。”

明智小五郎这么说着，从地上拿起一大块已经干掉的雕塑用土。

“瞧这个！”

说着，大侦探将土块朝石膏像扔了过去。

哗啦啦啦……石膏碎片四处飞溅的同时，出现了一具女尸。

被黄昏笼罩着的雕塑室里，顿时飘浮着地狱般阴森的气氛。

这意外的发现，明智小五郎立即报告了警方。

警方当即派人驱车赶来。于是，明智小五郎与三谷房夫把雕塑室现场交给警方后，乘车去了佃柳家。

佃柳别墅里，佃柳静子与儿子阿茂正等待着三谷房夫的归来。

门口传来汽车引擎声，三谷房夫回来了。

听说还带来了日本第一大侦探明智小五郎，于是，所有房间的灯都亮了，洋溢着灯火通明、喜气洋洋的气氛。

此刻已经是晚餐的时间了，用人们在厨房里正忙着准备饭菜。

“在吃晚饭之前，请允许我看一下书房好吗？”

明智小五郎向佃柳静子提出这一要求。于是，斋藤管家走在头里为他带路。

书房里还是保持着前些天客人小川正一被害时的模样，一侧墙边排列着古色古香的佛像，中间是一张雕刻得非常精细的大桌子，墙上挂着油画。从书房整体看，给人一种古老而又神秘的感觉。

明智小五郎走到小川正一曾经躺过的地方，认真检查地毯上的血迹。不一会儿，明智小五郎又把目光投向前面的佛像。

那是模仿某大佛像制作的小佛像，高度缩成一米左右。

他目不转睛地盯着这座佛像。片刻，他转过脸看了一眼三谷房夫和斋藤管家。

“你们现在发现什么了吗？”

“你是不是说佛像的眼睛？”斋藤管家问道。

“是的，这尊佛像的眼睛刚才好像眨了一下……你们没有看见吗？”

“没有……不过，是有人曾经这么说过，还不止一个两个这么说呢！主人生前也说过，晚上稍迟一些进来，就会察觉到佛像在眨眼睛。用人中间，也有人见过这一情景。”

“嗯，这么看来，不是我的错觉所致。”

明智小五郎变得越发有兴趣了，大步走到佛像边上仔细观察那对眼睛。可是，没有发现什么特殊变化。

明智小五郎弯下腰正要窥视眼球时，电灯“啪”的灭了，房间里一片漆黑。

与此同时，传来“啊”的一声令人毛骨悚然的叫喊，紧接着传来有人倒地的声音。

“明智大侦探，怎么啦！”

是三谷房夫的叫喊声，在这黑暗的书房里显得特别响亮。

“快开灯！火柴光也行，谁带着火柴啦？”

但是，已经不需要火柴了，因为电灯立刻亮了。

明智小五郎倒在佛像跟前地面上，那里凑巧是小川正一被杀害后躺的地方。

三谷房夫跑过去抱起明智大侦探。

“怎么啦？明智先生。”

“没什么，没什么。”

明智大侦探拂开三谷房夫的手，若无其事地站起来，可是，脸色苍白。

“怎么啦？”

斋藤管家吃惊地问道。

“没什么，别担心！好，到那边去。”

明智小五郎走在头里离开房间。

“斋藤先生，请把门关紧锁上！把钥匙交给我保管，我等一下还给你。”

一来到走廊上，明智小五郎朝老人窃窃私语。

“到底怎么回事？我简直莫名其妙。”

明智小五郎没有回答，转过脸望着三谷房夫。

“三谷君，你也什么都没看见吗？”

“灯是忽然熄灭的，什么也没有看见……”

“嗯……我打算进一步彻底调查房间。”

明智小五郎似乎已经发现了什么，嘴里嘀咕着，眉宇间露出坚定不移的决心。

餐厅里，佃柳静子和阿茂已经坐在桌前，等着明智大侦探和三谷房夫。

明智小五郎坐到桌前，问佃柳静子：“刚才好像停电了是吧？”

“没有，没那回事。”

佃柳静子满脸惊讶，转过脸望着用人们，似乎在询问她们自己说得是否对。用人们点点头表示赞同。

既然没有停电，一定有人将房间里的电源开关切断了。明智小五郎眼睛里闪着兴奋的光芒，一直令他茫然不知所措的迷雾和模糊的焦点逐渐清楚起来。

他没有忘记自己刚才在书房里的那番紧张。

一吃完晚饭，大家都汇集在客厅里，心情舒畅地靠在座椅靠背上，滔滔不绝地相互说着什么。时间过得很快。

这时，门开了，秘书进来报告说，明智大侦探有电话。可房间里，没有大侦探的身影。

“明智先生问我借了二楼书房的钥匙，莫非独自一人去了书房？”

斋藤管家命令秘书去二楼书房寻找，那里也没见着明智小五郎的人影。于是，三谷房夫代他接电话。

电话是小林芳雄打来的。

“文代小姐遭绑架了，请传达。事情经过在电话里说不清楚，我立即赶到佃柳别墅汇报情况。”

三谷房夫惊慌失措，放下听筒转过脸大声嚷道：“糟糕！歹徒向明智大侦探实施报复行动了。”

然而，此时最为重要的是要寻找到明智大侦探，大家立刻分头寻找，从别墅内一直找到院子里。

管家斋藤老人非常担心刚才交给明智小五郎保管的书房钥匙，于是独自一人悄悄来到二楼。

书房门有一条缝，里面亮着灯。

“明智先生！”斋藤管家朝房间里大声喊。

可房间里只有那尊佛像，没有明智小五郎的影子。

“奇怪！门是开的，他确实来过这里……”

斋藤管家歪着脑袋正要离开书房时，突然灯灭了。

“是谁？谁在书房里？”

他不由得朝黑暗中大声吼道。

于是，黑暗里有人影晃动，好像是无声的回答。

“是谁？你是谁？”

他摆开架势大声问道。

突然，黑暗里传来明朗而又欢快的笑声。

与此同时，灯亮了。

“你，你……”

斋藤管家目瞪口呆地望着对方。

站在那里的是明智小五郎，脸上堆满了笑容。

“你刚才躲在哪里？”

“我没有躲，只是你的眼睛无法看到我。”

明智小五郎装作什么也没有发生的模样，边笑边答。斋藤老人惊讶得歪着脑袋，但立即想起更重要的事情来。

“刚才你的事务所来电话了……”

斋藤管家转告了小林芳雄打来的电话内容，明智小五郎脸色骤变。他像推着斋藤管家走似的，快步来到走廊，关上房门上锁后慌慌张张地顺着楼梯跑下去。

少顷，小林芳雄坐出租车赶来了，明智小五郎赶紧询问事情的经过。

还在喘粗气的小林芳雄，焦急得脸色通红通红的。他说：

“傍晚五点左右的时候，有一辆车停在门口，我还以为是先生您回来了，便下楼迎接。司机递给我一封信，说是先生您写的，并说是先生让他接文代小姐外出。

“信的左上角还写有‘十万火急，速来！’的字样。

“她看完这封信并不觉得有什么可疑，回卧室做出门前的准备工作。我总觉得不放心，劝她别忙着去。可她对那封信深信不疑，不听我的劝告。等到她随那辆车离开后，我赶紧喊了一辆出租车跟在后面。

“她乘坐的车在举行‘菊花偶人展’的国技馆(现改名为日大礼堂)门口停下，我也赶紧下车，与她下车的时间相差顶多三十秒钟。可她转眼间无影无踪了。

“幸亏我遇上了载文代小姐的出租车司机，我问他文代小姐去哪了？他说是别人委托他接文代小姐的。刚才，文代小姐和那个委托他的人一起去国技馆了。

“我问他那个委托人的长相和身材，听完司机的介绍，我觉得不像您。于是，我立即买了入场券进国技馆寻找。检票口的女检票员以及工作人员和小卖部的营业员，我全问了，都说没见过与文代小姐模样相同的人。

“我急忙跑到出口处，又问了那里的工作人员，并告诉他们文代小姐出门时穿的服装，他们也说没见过这样的女子。看来，文代小姐还在国技馆里。我又从出口处来到馆内寻找，仍没见着文代小姐。

“无奈之下，我只得跑到公用电话亭查到佃柳别墅的电话号码后，把电话打到这里。”

小林芳雄一说完，三谷房夫立即说道：

“绑架文代小姐的人一定是冈田道彦的同伙，因为他是不可能出现在热闹的国技馆里的。”

三谷房夫语气肯定，断定歹徒就是冈田道彦。

明智小五郎眉宇紧锁，说：“文代小姐应该熟悉我写的字。既然她深信不疑，说明信上的字与我写的非常相似。歹徒把国技馆当作舞台，策划了一起更大的阴谋。好，我立刻去国技馆捉拿歹徒。”

他催促小林芳雄站起来。

“三谷君，请你务必注意二楼书房里的动静。门就那样让它关着，别让任何人进去。否则，有可能会出现第二起和第三起凶杀案！”

明智小五郎离开玄关的时候，一再对三谷房夫强调要他注意。

斗　智

现在，作者将故事的时间稍稍往前推移一下，也就是文代小姐在国技馆门口下车的时候。

当时，有人主动跟她说话：

“哦，你是明智大侦探的助手文代小姐吧！请允许我自我介绍，我与他合作侦查这起案件。

“现在，明智大侦探在国技馆里跟踪歹徒，一时无法脱身，故而，他让我来大门口接你。”

男子身着黑色西服，披着黑色大衣，头戴黑色呢帽，总之，从上到下一身黑色打扮。大衣领子直立，呢帽帽檐压在眉梢上，鼻梁上架着黑边眼镜，大口罩遮住了鼻子下半段、嘴巴和下巴。

男子催促文代小姐快走，自己则走在头里进入检票口。

“那，是有关佃柳家的案件吗？”文代问。

“是的。不过，这情况还没有通知警方。另外，对这里的人也要保密。好不容易跟踪到的歹徒，要是让他跑了就太可惜了。”

“请快带我去见明智先生。”

“别急，明智大侦探正盯着歹徒呢！现在，需要借助你的力量。也就是说，我们想把歹徒从这么多的顾客中间引出去，想请你担任引他出去的角色。”

男子边说边走进国技馆，沿着羊肠般狭窄的通道朝纵深处走去。两侧排列着菊花偶人，五彩缤纷，鲜艳美丽。可浓郁的菊花香味和随着人的体热散发的气味，又使得场内空气变得格外闷热。

这时，文代对向导男子产生了疑问。她毕竟是大侦探的得力助手，经历过大大小小的侦查场面，见过形形色色的歹徒。不过，她眼下并不打算逃走。

既然清楚歹徒出现在自己身边，干脆将计就计，待时机成熟抓住他。

文代暗自下了决心。

由菊花偶人组成的舞台，显得气势宏大壮观，犹如矗立着的五重塔，必须抬起头来欣赏。紧接着，是七八十米高的悬崖布景，瀑布从上面倒栽葱似的奋勇直下。这是纸贴的大山脉。

暗淡的杉树树林，大水池和深邃谷底，到处是枝繁叶茂。香味扑鼻的高大菊花偶人，点缀在其间。

国技馆的巨大圆顶，像倒过来盖住地面的巨碗。下面有许多复杂得难以形容的隔断，组成了上下左右无数条八卦阵那样的羊肠小道。

通道上设有许多紧急出入口，最里面是堆有不值钱的物品的仓库。那中间是舞台背后的长走廊，灯光暗得令人不寒而栗。

文代和不明身份的男子，在展示樱花山景色的布景前面通过。

“那，明智先生呢？”

文代装着什么也不知道的表情，焦急地问道。

“你马上就可以见到他了。”

男子不知何故，突然加快脚步走了起来。文代则仔细打量，发现他的手插在外套右边的口袋里，好像在核实什么。

咦，这男子带着手枪？

文代装作什么也没看见似的，一边走一边思考。

这时，两个人经过由菊花偶人组成的《狐忠信》神话里的白脸旁边。

“哎呀，我害怕！”

文代害怕地缩着身体，靠在男子身上。

“没什么可怕的，只不过是偶人而已。”

男子转过脸望了一眼文代，稍稍停了一下。

“呃，不过，我可吓得不轻。”

文代离开男子，把全部注意力集中在自己插在外套口袋里的左手上。刚才装作害怕靠在男子身上的时候，文代敏捷地窃取了男子口袋里的东西。根据手上的感觉，不像手枪，像金属盒子。

手在口袋里悄悄地打开金属盖摸了一下里面，感觉是一块湿纱布，手指沾上了液体，湿润润的。

肯定是麻醉药！这家伙企图麻醉我，待我失去知觉后绑架我。怎么办？必须将计就计粉碎他的阴谋。

正在文代思索的时候，男子突然朝她喊道：“哎，你在想什么？”

“不，那个，我，稍稍……”

文代一边窥视走廊深处，一边装作不知所措的模样。男子朝那里仔细一看，看见了厕所门。

“啊，原来是上厕所，请吧。”

“哦，对不起，帮我把这个拿一下！”

文代脱下大衣交给男子。刚才的那个金属盒，已经从大衣口袋里转移到小挎包里。

男子伸出双手接过大衣。文代让他拿大衣，目的是在她上厕所时避免男子将手插入他自己的衣袋里核实金属盒。

文代一走进厕所，迅速将浸透了麻醉药的小手巾取出，用清水反复冲洗，再湿漉漉地放回金属盒里。

“让你久等了，实在对不起。”

文代从厕所出来从男子手上接过大衣，一边说一边伺机把刚才的金属盒子悄悄塞入男子口袋里。

又稍稍往前走了一会儿，男子用手指着紧急出入口。

“是这里，明智大侦探就在里面。”

说完，打开那扇小门。

光线暗淡的走廊向前延伸，里面还有小门。推开门，里面是一个十平方米左右的小房间。

一侧的墙面上排列着许多开关，密密麻麻的。瞧这房间模样，好像是国技馆照明配电房。男子将文代诱骗到小房间里，也不知是什么时候用钥匙将门锁上了。

“喂喂，你要干什么？这里并没有明智大侦探呀！”文代吃惊地嚷道。

“嘿嘿嘿……你想见明智先生吗？你真以为他在这里吗？”

“那，为什么……”

“我的目的是把你引诱到这里。”

“这么说，你是……”

“嘻嘻嘻……你现在才明白……我就是你们煞费苦心要找的人。”

“这么说，白天在玄关门下塞信的那个也是……”

“是的，是我……我打算兑现信上的诺言。”

“那，你打算怎么处置我？”

“我只需达到教训他的目的就行。把你当作人质，让他尝尝我的厉害。”

文代害怕起来，身体靠在墙上打起了哆嗦，不过，脑子里在迅速地思考对策。

怎么办？怎么办？

她屏住呼吸，保持沉默。

“嘻嘻嘻……”

突然，文代歇斯底里似的笑了起来，一把抓住最大的电闸。那是控制所有照明的总开关。她此刻的模样像女疯子，胡乱地晃动起电闸，咔嚓，咔嚓，闪烁出白色火花。

“啊，你要干什么？”

“没干什么呀！只是稍稍……”文代笑嘻嘻地说。

“你，笑什么？别笑！是不是用这个办法让别人来这里救你？”

“是的，是的。”

文代很镇静，男子两眼紧盯着她的脸，略感到害怕起来。

“你不知道求救信号吧？”文代问道。

“求救信号？怎么啦？”

“把我带到配电房算我走运。”

“为什么？”

“我知道求救信号。”

“浑蛋！那么……”

“是的，我现在握着的这把电闸是SOS，表示求救。成千上万个游客中间，肯定有人认识这个求救信号！嘻嘻嘻……”

“哼！我让你尝尝这个味道……好！”

男子从口袋里取出金属盒里的湿手巾，捂在文代的嘴上。果然像文代预先估计的那样，歹徒动手了。她一边激烈反抗一边伸长手抓住男子脸上的口罩，使出全身力气拽。

“哎呀！”文代惊叫。

也就在这瞬间，她的鼻子和嘴被白手巾完完全全地捂住了。

干脆装作失去知觉的模样……

文代这么想着，闭上眼睛当场瘫软在地上。

“我让你享受享受。”

男子说完把口罩重新戴上，把文代夹在腋下，打开门消失在光线暗淡的走廊上。

迷　路

咔嚓，咔嚓……

国技馆所有的灯同时闪烁。

舞台上正在跳舞的演员们被这突如其来的灯光吓得不知所措，呆呆地伫立着。

所有的菊花偶人灯光，也开始忽红忽蓝地闪耀。

这时，路上有一辆正在全速朝国技馆奔驰的轿车。车里坐着两个人，一个是大侦探明智小五郎，另一个是侦探助手小林芳雄。

那幢高耸入云的国技馆建筑就在前方，距离已经越来越近。浮现在黑暗天空里的圆形屋顶上，彩色霓虹灯光竞相闪烁，耀眼夺目。即便站在远处眺望，也都能对这幢庞大的建筑物一目了然。

目不转睛地注视着圆形屋顶的明智小五郎，忽然惊叫起来。

“不好！”

霓虹灯光在同时跳跃，咔嚓，咔嚓……

他立刻察觉到灯光闪烁的意思，那是求救信号。

SOS，SOS……

确实是求救信号！

“司机，请把速度再提快一些，尽量再开得快一点儿！”

与此同时，国技馆办公室里由于相继而来的电话询问，事务员们忙得焦头烂额，不知如何回答是好。

“国技馆霓虹灯在闪烁，是SOS求救信号。如果是开玩笑或者是恶作剧，那太过分了。这样吧，我们去检查一下！”

国技馆由于出现了SOS信号，惊动了许多部门。其中，水上警署和当地警署打来电话询问情况。

明智小五郎赶到的时候，事务所里的工作人员，有的道歉，有的茫然不知所措。

明智小五郎简短扼要地了解了一下情况，决定先去配电房了解情况。

当他赶到配电房时已经迟了一步，里面空荡荡的。他立即找来电工询问情况，知道了真情。原来，电工从穿戴异样、戴着口罩的男子那里得到了贿赂，把配电房的钥匙作为交易借给了他。

“嗯，果然是配电房出事。求救信号一定是文代小姐发出的，告知有紧急情况。因为，她对电闸开关的记号非常内行。”

明智小五郎咬紧嘴唇。

国技馆保卫部门立即给警方挂电话报案，通知工作人员守住各出入口。

尽管有这么一个插曲，偌大的国技馆内仍然热闹非凡，门庭若市。晚上九点是闭馆时间，赶来的警官和馆内工作人员严格盘查每一个出去的游客。

到了九点三十分，馆内所有的游客都走完了，奇怪的是，戴口罩的男子和文代模样的女子没有出现。根据情况汇总，所有出口都没有发现。

小卖部营业员和工作人员也陆陆续续回家了，只剩下经理和骨干，加在一起有二十名左右。

明智小五郎动员警官和经理及骨干，再次搜查整个国技馆。最终还是毫无结果，没有找到歹徒和文代的影子。

“看来，歹徒混在人群里逃走了。”一名警官说。

“歹徒是特地把文代小姐引诱到这里的。因此，对于歹徒来说，这幢建筑物是实施犯罪的最佳舞台。引诱文代，并且把她关押在配电房里的时间很短。

“即便歹徒逃走了，可文代小姐呢……或者文代小姐的尸体呢……理应藏在馆内的某个地方。总之，对手是杀人如麻的家伙……”

明智小五郎也一筹莫展，感到非常棘手。不一会儿，他猛地抬起头提出了这样的搜索方案。

“我打算和小林君两个人再次搜查馆内，随后装作万念俱灰的模样回到这里。这么一来，那家伙肯定会麻痹大意。届时，我们就可抓住他。”

听到国技馆里藏有歹徒，当地的一些建筑工人也赶来了。为预防万一，他们还带着棍棒。

没有游客的馆内静悄悄的，加上面积大，反而让人感到空旷得可怕。

明智大侦探和助手小林芳雄两个人踮起脚尖弓着背，沿着一条又一条八卦阵似的路搜寻。

不一会儿，他俩来到周围是竹林的布景，这里也是馆内最暗的地方。这些场景正因为是手工制作，反而让人感到极度恐惧。许多照不着灯光的树木背后，竖有一些意料不到的偶人脑袋，仿佛在妖怪住宅里迷路的感觉。

走在头里的明智小五郎冷不防停住脚步，朝昏暗的对面望去。小林芳雄紧靠在明智小五郎边上瞪大眼睛观察，发现前方有模模糊糊的怪物。

仔细一看，是身着防寒装、头戴皮帽的偶人。

奇怪，这地方怎么会有偶人……

两个人装作什么也不知道似的，打算从前面通过。

这时候，偶人走了起来，挡在明智小五郎前面，附在他耳边小声说话。

小林芳雄险些惊叫，再仔细看，偶人摇摇晃晃地走在头里带起路来。明智小五郎没有吭声，而是跟在偶人身后朝前走。小林芳雄见先生在前面走，也赶紧跟上去。

稍走了一会儿，前面出现了杉树林。杉树林里有熏黑的小屋，院子前面的杂草丛里蹲着一个脸色白净的贵族姑娘，也是菊花偶人。

整个身体完全是用菊叶包裹的，但形状可疑。有的部位裹得密密麻麻，可有的部位却光秃秃的，出现了许多间隙，宛如折断的菊花枝重叠在一起。从间隙里可以看见，有鲜红色的东西在里面晃动。

咦，好像是衣服。从贵族小姐假发套下面露出的，是女人的烫发。

这不会是文代吧？！歹徒杀害文代小姐后，用偶人掩盖尸体的真相。小林芳雄哆嗦起来，一边瞪大眼睛观察那个偶人，一边牢牢抓住明智小五郎的肩膀。

这时，明智小五郎有了重大发现。

身着防寒装的偶人，手指着前面悬挂着的白色灯笼。

朦朦胧胧的灯笼转得很慢，开始变成其他东西。

镜子！灯笼变成了镜子！

小林芳雄暗自琢磨。这时，灯笼忽地变成了人的脸，一张骷髅脸！

“千万别发出声音，要忍耐！手握住枪，但不准射击。”

明智小五郎凑到小林芳雄的耳边叮嘱。

他俩翻越栅栏来到里面。

虽说歹徒出现在镜子里，可就是找不着这家伙藏在哪里。但是，歹徒理应看不见我们。只要不弄出响声，就不会被他发现。两个人这样想着。

滚　落

在黑暗里匍匐着前进，他俩发现镜子前面有漆黑的箱子。歹徒好像是藏在箱子里控制开关的，因此时而灯亮，时而灯灭。每次灯亮灯灭的时候，被映照在镜子里的歹徒的脸，时而出现时而消失。

歹徒就在眼前！歹徒已经是瓮中之鳖，可以不费吹灰之力将他抓获。

明智小五郎暗暗高兴起来，觉得已经胜利在望。可就在这瞬间，小林芳雄好像被什么东西绊倒了，跌跌撞撞地倒在箱子上。箱子猛地晃动起来，映照在镜子里的歹徒影子也在晃动。转眼间，一张狰狞的脸出现在箱子对面。

说时迟那时快，箱子倒了，竹林里“啪”地亮了。

箱子朝上倾斜倒在地上，箱子里面的灯光照亮了竹林。

明智小五郎的肩膀碰上了箱角，不由得步履蹒跚起来。

砰！枪声响了！小林芳雄慌慌张张地扣动了扳机，歹徒敏捷地一把抓住他的右手。还在冒烟的手枪不仅被歹徒夺走了，而且还牢牢地握在歹徒的手上。

明智小五郎立刻重新站起来，可一看见歹徒亡命之徒的架势，既不能靠近他，也不能从口袋里掏枪。

这时，只见歹徒一把抱起边上的贵族小姐偶人。没想到偶人脑袋上的假发套掉了，裸露出的那张脸果然像文代。

“啊！”

小林芳雄大声惊叫的同时，歹徒的枪口喷出了红色的火花。

歹徒开枪警告，而后转身消失在杉树林里。

听到枪声，警官们纷纷赶来，一起追赶歹徒。

不知不觉的，大约一个小时过去了。

“喂……喂……”

有人叫喊，但不知在哪里。

大声嚷嚷的是小林芳雄。

他频频用手指着天花板，像说梦话似的尖叫。

“文代小姐，文代小姐……”

大家视线一齐投向天花板。

支撑着大圆顶的钢结构上好像悬挂着什么东西。

啊，是人，是身着鲜红服装的女子！那肯定是文代！

大圆顶的最高处有一圆孔，那上面还有小屋顶。其实，那是通风口。

歹徒好像是打算把文代从圆孔拽到屋顶上。

既然歹徒是特地把文代挟持到这里，可见她肯定还活着。不过，多半已经失去了知觉。

“歹徒刚才把文代悬挂在上面，多半是想休息一下恢复体力。我发现后叫嚷起来，于是，歹徒慌了手脚，也不顾文代小姐，自己逃走了。”

小林芳雄喘着粗气说出自己的想法。

“他会逃到哪里去呢？”一名警官自言自语。

“屋顶外面。他是从最上面那个圆形通风口逃走的。”

“谁上去把文代小姐救下来！”一名警官嚷道。

当地一些赶来抓歹徒的建筑工人中间，有人自告奋勇：

“我上去试试看。”

年轻建筑工人好像有一身轻功和攀高技能，沿着钢管柱一溜烟地往上攀缘。只片刻工夫，他已经爬到钢结构里面。但上面光线十分昏暗，脚只能踩在钢管上。由于没有踏脚的地方，随时有掉下的危险。

这时，圆圆的通风孔那里闪出了歹徒的脑袋。歹徒没有逃离，在窥视下面的情况。

“喂，要留神！那家伙还在上面！瞧，他正在从上面朝你看！请注意歹徒的手枪！”

有人大声叫嚷，喊声震动了天花板，发出阵阵回响。

年轻的建筑工人也许没有听见下面的叫嚷声，还在不停地往上爬。渐渐的，他与文代之间的距离越来越近，只要再稍稍往上爬那么点儿，手就能碰上文代。

年轻工人将两条腿交叉挂住钢支架，松开双手一把抱住文代，那模样犹如杂技演员。

大家紧盯着他往下爬的姿势，不由得为他捏了把汗。

这时，圆孔里又探出了歹徒的上半身，他的右手渐渐朝下延伸。

“歹徒要射击了，危险！”

大家异口同声地喊道。

年轻工人好像也察觉到了，身体垂吊在钢支架上，将文代的身体当盾牌挡住歹徒。

砰！

天顶上回荡起呼啸般的枪声。

随着一声悲鸣声，一个像人的东西从上面箭一般地朝下坠落。

红颜色！那肯定是文代！

文代旋转着朝下坠落，速度越来越快，顷刻间掉落在陈列菊花偶人的帐篷顶上。由蓝布做成的帐篷顶上，顿时出现了一个大窟窿。随着“呼啦”一声响，文代顺着大窟窿继续朝下坠落。

“啊，水池！文代小姐掉到水池里了！”

大家立即朝水池跑去。

年轻工人被枪声吓蒙了，手一松，也差点掉下去。

歹徒见状嘿嘿大笑，年轻工人听到笑声没有往下逃，也许他被激怒了，迅速朝怪物逼近。

这时，地面上的人都跑到了水池边上。

水池中央飘浮着女子的尸体，苍白的脸朝上。

突然，大家发现水池边的树林里站着一个人，好像是隐蔽在树背后。

那人身着冬季服装，是刚才见到过的偶人。由于皮帽被碰掉了，脸露在外，是一个年轻美貌的女子。

女子目不转睛地注视着飘浮在水池里的女尸。

“啊，文代小姐，文代小姐！”

小林芳雄喜出望外，激动地叫嚷起来。与此同时，连滚带爬地跑到文代跟前。

“啊，小林君！”

女子张开双臂，紧紧抱住小林芳雄。

“文代小姐，你居然还活着！”

“嗯，我当然活着啦！”

“其实，我一直有那样的感觉。那么愚蠢的歹徒，怎么斗得过聪明的文代小姐你呢！可是，可是……从那么高的地方掉下来，我还真以为你死了呢……”

小林芳雄百感交集，抱住文代激动地哭了。大家越发难以明白眼下发生的一切，其中一个工作人员“扑通”跳入水池朝尸体游去。

“什么？这是偶人！瞧，是装饰舞台用的舞蹈偶人。”

大家越发糊涂起来，文代到底是什么时候变成偶人的？

歹徒一直以为文代因麻醉剂的缘故处在昏睡状态，把文代装饰成贵族小姐偶人，歹徒自己则隐蔽在箱子里也企图装扮成偶人。

这过程中，文代溜了出来，从附近抱来一个舞蹈偶人，脱下自己的服装给偶人穿上，再让那个偶人戴上贵族小姐的假发套，让它躺在菊花里。

歹徒做梦也没有想到会发生这样的情况！在被明智小五郎追赶的时候，歹徒手里抱着的，已经不是文代，而是偶人。

不用说，他是在逃跑途中发现这一情况的，挟持的是偶人。恨得咬牙切齿的歹徒，在察觉自己上当后没有死心，而是想借此嘲笑和报复追赶的警官以及明智大侦探。他毫不费劲儿地把偶人轻松地抱到高高的钢支架上，诱骗下面的人空着急。

再说文代，她成功地制作了代替自己的偶人后，赶紧借用南极探险偶人身上的防寒装，隐蔽在杉树林背后注视歹徒的举动。正在这时候遇上明智小五郎身后的小林芳雄，便悄悄把真情告诉了走在头里的大侦探。

在大圆顶钢支架上，歹徒与年轻工人一个逃一个追，像表演杂技节目。

片刻，歹徒从大圆顶上的通风口钻到屋顶外面。于是，年轻工人紧随其后，也沿着钢支架迅速朝那里追去。

年轻工人从通风口爬到屋顶外面，在平缓的圆顶上打算继续追赶歹徒。

“喂，出来！”

咦！歹徒到底逃到哪里去了？他仔细在黑暗中搜寻。突然，枪声响了。子弹呼啸着从年轻工人耳边飞过。

“畜生！”

年轻工人摆开架势，欲与歹徒拼个你死我活。这时，他发现不远处有一个略弓着腰奔跑的黑影。

“站住！”

年轻工人敏捷地扑上去。

于是，他俩扭打成一团，在屋顶上滚来滚去。

圆顶面弧度虽比较平缓，但如果在上面滚动，会止不住地朝下滚落。渐渐的，扭成一团的两个人，滚动速度不断加快，终于从屋顶朝地面方向坠落。

然而奇怪的是，这时的屋顶上又出现了一个黑影，目送着他俩朝下滚落，还哈哈哈地发出令人毛骨悚然的狂笑声。

飞　行

"啊！啊！"

地上人头涌动，叫嚷声响彻九霄云外。

两个人从屋顶上朝下滚落，如果径直坠落，掉到地上将会脑浆迸裂，必死无疑。然而这幢建筑的屋顶下面还有一个屋檐，不仅装饰漂亮、结构复杂，而且非常宽阔、平坦。扭作一团的两个人，滚落到这个屋檐上后不再滚动了。

不幸中的万幸！命总算保住了，可他俩一时怎么也爬不起来，相互你看着我，我看着你，就是使不出力气站起来，只好直愣愣地坐着。

围观的人群觉得，他俩中间也许会有一个倒栽葱似的掉落下来，个个心急如焚，不停地叫喊。

正在这时，警官和工作人员慌慌张张地抬着梯子走来，将它架在屋檐上，两三个建筑工人争着往上爬。

不知何故，年轻建筑工人坐在那里“呼呼呼……”地喘粗气，耷拉着脑袋。一个中年模样的建筑工人朝他大声骂道：“浑蛋，你这个蠢货！”

“怎么啦？”

年轻建筑工人不解地问。

中年建筑工人用手指捣了一下他的背部说。

“你好糊涂哇！他不是歹徒，是明智大侦探。怎么？你现在才明白？”

年轻建筑工人觉得十分尴尬，满脸失望和懊恼的表情。

明智小五郎皱着眉头说道：“歹徒还在屋顶上，快去把他抓住。这年轻人太鲁莽了，发疯似的抓住我，这下可好，我好不容易制定的抓捕歹徒的计划看来要落空了。”

明智小五郎无奈地解释道。

他原计划自己抢先爬到屋顶上，出其不意地出现在歹徒背后，将他捉拿归案。可这个年轻建筑工人却错把他当成歹徒，还使足全身劲儿缠住他，以致出现了这样的局面。

在大家的帮助下，两个人沿着梯子下到地面。

屋顶大搜查开始了，馆内凡是歹徒有可能逃过的地方，都安排了人员站岗。可是，守候了大半天仍不见歹徒的踪影。

不知不觉的，天亮了。

“啊，歹徒在那里！”

其中一个站岗的工作人员大声嚷道，用手指着远处。

那里有大型广告气球，孤零零地漂浮在清晨的天空中。

此刻，歹徒站在高高的屋顶上，沿着系在屋顶上面的绳索朝气球上爬去。他横着躺在气球下面，犹如躺在吊床上睡觉的姿势。

广告气球下边是“菊花博览会”几个黑色大字，站在远处就能看清楚，十分醒目。几个大字随风飘荡，歹徒的身体跟着晃晃悠悠的。

警官们聚集在屋顶上控制广告气球的装置周围。

装置形状像大卡车，控制着气球的升降。

几个警官抓住装置两侧的把手使劲儿摇着，打算使气球往下降落。

一米……两米……气球逐渐下降。

国技馆周围是黑压压的人群，大气球每剧烈晃动一次，大家便大声喊叫：“活该！”

“哇！”

看着看着，绳索越来越短，再过一会儿，歹徒将结束逍遥法外的生涯。可以想象，歹徒此刻已经万念俱灰，身体似乎没有动弹，也许累得不想动了？或许已经睡着了？

不，这家伙没有睡，而是与警官一样手在工作。为避免人们发现他的阴谋，用背部遮挡着人们的视线，并且手的动作幅度小，不露丝毫破绽。

气球越往下降落越是显得庞大，很快，气球底端距离人们的头顶越来越近，终于碰着了圆形的国技馆屋顶。

“瞧！那家伙在干什么？”

这时，一个眼尖的警官发现了歹徒的“小动作”大声嚷道。

“他不停地晃动右手，瞧！还有光呢。”

“是匕首！那家伙在不停地割绳索。”

“糟啦！快朝下降，赶在绳索被割断之前把气球降到地上。”

警官们一边抬头望着歹徒一边吼道。

操纵升降机的几个警官加快了手摇的速度。气球碰上屋顶后，不停地晃来晃去。

就在这瞬间，绳索被咔嚓割断了。气球霎时忽左忽右剧烈晃动起来，猛然间，像脱了缰绳的野马朝天空升腾而去。

“哇！”

人群惊叫起来。

气球越升越快，渐渐变小，消失在云层里……

歹徒随气球从空中逃走的消息，被各大报纸、电台和电视台竞相报道。顿时，轰动了整个日本列岛。

迄今，歹徒已杀害了好几个年轻女子，还将尸体封闭在石膏像里，是杀人不眨眼的魔鬼。为此，几乎所有的新闻媒体记者带着摄像机和照相机到处采访。有的来到国技馆，有的来到佃柳家，打听气球和歹徒的下落……

明智小五郎躺在病床上，一边收听电台报道一边思考。他与年轻建筑工人一起滚落时受了伤，只得躺在床上接受医生治疗。

他住院养伤，警方只得另邀其他人商量对策。既然是气球，总有气体泄漏的时候。一旦气体漏完，气球就会下降坠落。

眼下只有一个办法，就是立即通知各警署、派出所和警岗，密切关注气球降落的消息。

广告气球消失的消息不胫而走。很快，家喻户晓，人人皆知。既然市民们知道了，不管它掉到哪里，不可能不出现在人们的视线里。尤其消失的气球那么庞大，只要它一降落，歹徒将束手就擒。

警方在等待这一时刻。

气球消失了几个小时，中午过去了……当时针指向下午一点的时候，气球果然开始下降了。

瞧！气球穿过云层，出现在人看得见的视线范围里。

这里是隅田川下游的清洲桥上空。

气球在迅速朝着地面接近。

天空中刮着北风。

“哇！”

站在地上看热闹的人越聚越多，异口同声地大声嚷了起来。

气球横向飘浮，经过永线桥，朝品川湾的浅海飘去。

警官们早已忍耐不住了，立即登上水上警署的快艇追赶。被北风推着朝南飘动的气球，犹如飞出枪膛的子弹，无论快艇怎么加速，距离还是越来越大。

快艇上站着中村警长。

“这个随气球飞行的家伙，可能又变成了偶人？”

中村警长指着前面距离七八百米几乎快要擦着水面的气球说。他在心里担忧，这个歹徒很狡猾，要抓住他并不容易。

其实，这样的担心完全没有必要。悬挂在气球下面的歹徒只要在晃动，不用说，那肯定是人。

追　击

“这回不会再让他逃走了！可我觉得这家伙手法并不高明！”

中村警长苦笑，随后转过脸望了一下身后的刑事侦查警官们。快艇周围有许多民船，乱哄哄的。

其中一艘是比赛用的快艇，体型虽小，但速度很快。没想到警方快艇也追不上它，渐渐的，两艇之间的距离开始拉开。

快艇上坐着身着黑色服装的男子，外表像运动员，他双手紧握方向盘，目不斜视地紧盯着前方。

警方快艇与那艘比赛快艇竞赛了一会儿，由于没有它那样的马力，警方的驾驶员不得不放弃竞赛，遗憾地嘟哝着：“咦，这艘快艇的速度快得不可思议！”

“这艘比赛快艇上的驾驶员是什么人？不会是歹徒的同

伙吧？”

“我看不像。再傻也不至于干这种蠢事吧？试想，在波浪汹涌的大海上，一艘小快艇就能救出自己的同伙？这不可能……这家伙可能喜欢在同行面前出风头。尤其爱与警方快艇比能耐比速度，作为一种满足。

“这种家伙好出风头，好炫耀自己。在我们每次捕捉歹徒时，总会出现这样的快艇，有时候是一艘，有时候还是两艘呢！简直是给我们警方添麻烦。”

水上警署的老警察，若无其事地说着，在他看来是司空见惯的现象。就在他说话的过程中，与歹徒一起擦着水面的气球终于失去了飞行的力量，在越过第一炮台时，气球瘪得到处是凹宕，犹如浮在水面上的大章鱼尸体。随即，歹徒也落入水里不见了。可转眼间，歹徒的脑袋浮出水面，手紧紧抓住气球的一角。

气球在海里随波逐流，时而被浪涛揉作一团，时而被浪涛举起来，时而向前推……

哗！气球被浪涛覆盖了。

这时，歹徒的手没有抓着气球，被呼地朝前冲到两米远的地方。他苦苦挣扎，不停地吐着灌入嘴里的海水，好不容易抓住了气球。这样的动作不停地反复着，渐渐地，他的手脚不灵活了，显得精疲力尽。

歹徒在与波涛搏斗的同时，不时地回头张望渐渐接近的警方快艇。这时，只见他使出全身的劲儿朝气球上爬，终于爬到了气球上并且站了起来。

此刻，在警方快艇两三百米前面行驶的那艘比赛快艇，正朝着站在气球上的歹徒快速驶去，方向不偏不倚。

“喂，再加速！”

中村警长焦急起来，一种难以形容的担忧在脑海里掠过。

奇怪！这家伙也许是歹徒的同伙？！

他紧盯着那艘快艇思索。

终于，比赛快艇靠近气球。

起初由于浪涛的原因，比赛快艇无法按自己想的接近气球。在短短的几秒钟时间里，快艇像树叶一样在原地打转。就在它设法靠近气球的过程中，比赛快艇的前端终于碰上了气球，刹那间，歹徒嗖地跳上了快艇。

“糟啦！快追！”

警官们在快艇里急得直跺脚。

这时候，比赛快艇上出现了奇怪的情景，歹徒与驾驶席上穿黑色服装的男子扭作一团。黑衣男子似乎很有力量，与歹徒展开了激烈搏斗。

警方快艇全速朝现场驶去，可比赛快艇上的搏斗已经结束。获得胜利的好像是歹徒，他坐到驾驶席上握住方向盘企图逃走。

就在比赛快艇迎风破浪飞驰的一瞬间，啪！船尾涌起一股燃烧的火柱。与此同时，发出轰隆一声巨响。

不知什么原因，汽油着火了，金属油箱爆炸了。火焰包围了比赛快艇。

歹徒赶紧跳到海里。

快艇翻身倾覆在海上。

汽油在海上朝四处蔓延，带着火焰的波浪在起伏。

好长一段时间，警方的快艇无法靠近。少顷，火灭了，警方的快艇迅速靠上去。

比赛快艇附近的海水里出现了一个人，时而上浮，时而下沉。警官们立即将他打捞上来，中村警长上前仔细一看，瞪大的眼睛愣了一下。

“咦，这不是三谷君吗？那个常去佃柳家的小伙子。”

也许是三谷房夫，居然敢于冒着生命危险追击歹徒？

警方快艇上的警官们相互点头。

片刻，三谷房夫苏醒了。

“啊，是中村警长？谢谢你，我已经好了。那家伙……那家伙怎么啦？”

“可能被刚才的油箱爆炸炸死了？我们正在寻找。三谷君，你为什么要冒这种险？如果坐我们的快艇，就不会出现这种结果，可你偏偏……”

“对不起，实在是吃了歹徒不少苦头，心里一直想让歹徒领教我的厉害，可性格过于急躁，导致了今天……”

“你不觉得，歹徒比你强吗？”

“是的。可我过于相信自己的臂力，没想到那家伙竟然比我还要强，被他一拳猛击，当场不省人事。就连快艇被炸，还是现在听你说的。”

“哈哈，那一记重拳反倒帮了你的忙，使你死里逃生。那艘快艇翻过来的时候，你可以因为水的刺激而苏醒，还可以潜入水里避免烧伤。不过，歹徒肯定受了重伤。”

这时，负责海面搜索的警官赶来报告，说发现了一具尸体。尸体被立即打捞上来，身上的衣服被烧得又黑又焦，全身皮肤被烧得惨不忍睹。

“呀，怎么烧成这样？脸部面目全非，太可怕了！”

习惯于这种场面的警官们都不由得转过脸去。

尸体的整个脸又焦又糊，已经分不清五官在哪里。

“惨不忍睹！难道人的脸真是这般模样吗？”

中村警长歪着嘴紧盯着那张面目全非的脸，刹那间，他似乎想起了什么，弯下腰望着尸体，随后伸出手按了一下脸颊。

就在这当口，他猛地松开手，脸上露出吃惊的神色。

“哼，我的判断果然没错，这不是真正的人脸。”

中村警长把两只手搭在那张脸上，使尽力气拽起表面的脸皮。大家见状，不由得闭上眼睛。

令人吃惊的是，脸皮被拽去后，出现的是一张完全不同的脸。真相大白，被烧伤的脸是用蜡精制而成的假脸。

“这才是歹徒的脸。这家伙长时间用这张毛骨悚然的脸吓唬我们。”

“这家伙到底是谁？”

可是，没人见过这张脸。

男子看上去三十五六岁，脸上没有什么特别的地方。由于到处是堆积得很厚的蜡，真正的脸也被烧得乱七八糟的。

“三谷君，你见过这张脸吗？”

“嗯，见过，我记得很清楚。”

“这男子大概是冈田道彦吧？”

“不，不是他！不用说，歹徒肯定是冈田道彦，而且，他是用药物把脸烧成那般模样的。不过，不是这个男子。这男子不像是冈田道彦，是一个陌生人。”

三谷房夫的回答模棱两可。

齿　　印

第三天，中村警长去医院拜访了正在住院的明智小五郎。

大侦探摔得伤及了骨头，发了几天高烧，现在基本上已经恢复了。

中村警长向他详细叙述了东京湾事件的经过。

“噢，原来是这么回事……我在电话里拜托的那个东西带来了吗？”他听完中村警长的叙述后问道。

“带来了，我不知道你是怎么想的，暂时只是取了他的形状。”

中村警长把包裹在白布里的东西放在床头柜上。

“不过，我觉得已经不需要这样的东西了吧！歹徒的真实身份已经查清楚了，我是特意来通知你这一情况的。”

“是什么人？”

“一个完全出乎意料的男子。他叫园田黑虹，不怎么有名的侦探推理作家。”

“是作家？”

“见到报上刊登的照片后，他的房东告诉了我们。我们立即派警力去搜查，才知道他是一个可怕的家伙。”

“园田黑虹，是个每年基本只发表一部小说的奇怪作家，他的推理小说内容恐怖，让人读起来不寒而栗。

“别说读者，就连发表作品的杂志社和出版社的编辑，也不知道该作家的模样和住所。可以这么说，是一个不可思议的家伙。

“寄原稿时，写的是邮局名称及其地址。

“每一次寄原稿，都不是同一个邮局。杂志社和出版社寄出的稿费，只能汇到邮局。

“他从不与附近邻居交往，平日里一直是门窗紧闭。家安在池袋的尽头，十分冷清，像妖怪住宅。壁橱里悬挂着骸骨，桌上堆满了偶人的脑袋，偶人的脖子上涂有红墨水。墙上，张贴着沾满鲜血的画。就是这么一个奇怪作家。”

“有趣！”

“他的书都是与犯罪有关，抽屉里摆满了原稿用纸，署名黑虹。”

“我看过他写的小说，一直觉得他是非常古里古怪的家伙……”

“是一个天生的罪犯。为了满足他的疯狂欲望，创作了这样的小说。他好像不满足在小说里策划犯罪，居然动真格的，进行真正的犯罪实验。是这样的吧？如果不是作家，不可能想出那么离奇的情节。”

“歹徒同伙的蜡脸制作工厂，你去调查过了吗？”

“调查过了。在东京，像那样用蜡加工成各种模样人脸的工厂有五家。这五家工厂，我们都进行了调查，结果没有找到制作这种蜡制产品的工艺美术家。”

“所谓蜡工艺，可能不需要什么大规模的工具吧？”

“是的，只要有模型、基本原料蜡和铁，加上锅和染料就可制像了。歹徒多半是请专家在自己住宅偷偷制作，这种制作工艺十分简单，只要稍稍掌握一点儿窍门，即便不是内行也可制作。蜡面具，既薄且有一定弹力，与真人的脸相似。即便不用眼镜口罩遮掩，乍一看，也分辨不出它是蜡面具。”

中村警长如释重负地松了一口气，继续说：“经过大家的齐心协力，总算使这一事件水落石出。”

“是的，看上去好像是暂时解决了。”

明智小五郎笑嘻嘻地说，可话里有话。

“你，你说什么？这么说，你……不满意这样的结论？”

“哦，我有一种奇怪的感觉，这结论不可靠。”

“这，你是什么意思？”

“这起事件通过一个作家的死而结案，似乎太简单了。有关冈田道彦雕塑室的尸体，即便只是考虑，也……”

“那是与这完全不同的事件。再说，凶手冈田道彦不是早就死了吗！如果没有那种奇特想法，即冈田君化装成没有嘴的男子，应该早就不存在什么问题了。”

“你那样想，很适合自己的解释。但是，就这么简单处理，究竟是否合乎逻辑？”

“你不就是想说，凶手与冈田道彦是同一个人吗！”

“其实，这起事件留下了许多难解的谜。比如，在佃柳别墅书房里被杀害的男子，生前自称小川正一。他为什么被杀？凶手是从哪里进去的？尸体又被运到哪里？

“还有，费了九牛二虎之力被绑架走的佃柳静子小姐，为什么那么轻松地回家了？而且身上没受一点儿伤？那个在盐原温泉用可怕模样恐吓静子小姐的怪物，据说没有嘴唇。那是女用人在伺候主人吃饭时看见的，因而不会有错。

“由此可见，随气球逃走的歹徒和出现在国技馆里的怪物，肯定不是同一个人。此外，还有许多解释不清的地方。留有这么多的疑点，怎么能说这起事件已经了结了呢？”

“按你的分析，凶手冈田道彦可能还活着，是吗？”

“不，不能仅凭想象。没有确凿证据，就不能下结论。那些物证可能马上就要……哦，来了，来了。在你没来之前，我就一直在等这些证据呢！”

凑巧这时传来了脚步声响，小林芳雄的脸出现在门口。

“小林君，你把那个带来了吗？”

“是的，非常轻松地到手了，果然是附近的齿科医院。我一拜托他们，立即借给我了。”

小林芳雄爽朗地笑了，递上一个小纸包。

明智小五郎接过小纸包，吩咐护理自己的文代从壁橱里取出另一个同样的小纸包。床边柜上，排列着三个小纸包。

“中村君，把这些纸包一一打开仔细看一下！如果其中两个相同，问题就迎刃而解了……”

中村警长慌忙打开纸包，一个是红色橡胶块，两个是白色石膏块。这三个纸包里展现在大家眼前的，都是牙齿模型。其中的红色牙齿模型，是那个随气球逃走的歹徒的。这是中村取来的。

“怎么样？有相同处吗？”

“没有，这三个都是不同的牙齿模型，一眼就能看清楚。”

文代和小林芳雄也比较了一下，认为都不相同。

“这个石膏牙齿模型，是谁的？”

“是刚才小林君拿来的，是冈田道彦的。这两天里，小林君找到了为冈田道彦看牙齿的牙科医院，从医生那里弄到了这玩意。”

“那，还有一个呢？”

“那才是真正凶手的。”

“什么？真正凶手？你知道谁是凶手？你是怎么弄到手的？”

“我与三谷君一起调查青山空别墅的时候，在那个壁橱里发现了吃剩的饼干和干酪。凶手是在饼干上放上干酪咬的，那上面留有清楚的牙印。我把它带回来制成了石膏牙齿模型。”

“但是，那究竟是不是凶手……”

“那幢房子已经空关了两个多月，不可能是其他人把食物带到那里。凶手多次劝说静子小姐和阿茂吃饼干，据说，他俩根本没吃。由此看来，那上面的齿印不是凶手便是凶手的同伙的。当时，那幢空别墅里应该有两个人，因此……”

“假设那既不是冈田道彦也不是作家园田黑虹的齿印，那么凶手肯定还活在这个世上，也许正躲在某个阴暗的角落里策划更为险恶的犯罪计划？”

嗯，好像还不单单是齿印？明智先生似乎还知道更多的情况。中村警长暗自琢磨。

“我不明白，那个作家园田黑虹为什么要诱骗文代小姐？为什么要乘坐广告气球逃走？他那样做，你也不认为他是凶手吗？我觉得比起齿印，他的逃跑才是证据……”

“其实，你说的那些现象的行为人，不是真正的凶手。你也许认为我说的不合乎逻辑？事实上，凶手丧心病狂，犯罪计划狡诈、隐蔽、让我们摸不着边际。从表面上，不管谁都觉得作家是凶手，其实是真正的凶手布下的迷魂阵。”

中村警长紧盯着明智小五郎的眼睛，完全陷入了沉思。

这时，客厅门传来急促的敲门声，小林芳雄推门进来，手上拿着一封信。

“是谁寄来的？”

“没有寄信人的姓名和地址。”

明智小五郎仍然保持着躺在床上的姿势，将信封拆开。

狗知道

“瞧！这就是凶手还活着的证据。”

明智大侦探看完信，立即将信递给中村警长。

明智君：

你好。

病情如何？你一定后悔了吧？如果没有忘记的话，我曾两次提醒过你。有趣的是，我已经离开了这个世界，尸体埋在土里。也就是说，这封信出自一个死人的手里。一封从地狱发给你的信，你不觉得有趣吗？

且说我这一次给你写信的动机，仍是提醒你，也可以说是发出警告。你尽管躺在病床上可还是不太平，据说继续在为侦查忙个不停。

小林芳雄今天早晨干了些什么，我一清二楚。我奉劝你还是歇着好好养病，别狗拿耗子多管闲事。否则，下一回我是要动真格的了，让你去见阎王！

当这封信送到你手上的时候，也许什么地方又发生了杀人事件。不管你怎么焦躁不安，我将依然按照原定计划一一实施。

你想阻止事件发生，只能是螳臂挡车不自量力。其结果，你将失去自己的性命。

最后，我再重复已经说过的话，你必须立即停止侦查，别再纠缠不休，不然，你将难逃厄运。

“这封信的措辞还真够不客气的，简直目中无人。”

明智小五郎躺在床上，眼睛望着天花板。

中村警长焦急地大声吼了起来：

“什么？收到这封信的时候又发生了杀人事件。这到底是怎么回事？”

“我们没有力量防止犯罪，杀人事件肯定发生！”

这时，隔壁房间的电话铃刺耳地响了。

“喂，喂，是明智大侦探那里吗？我是三谷，现在在佃柳家。不知怎么搞的，这儿又出事了。管家斋藤老人不知被谁杀害了。请把这一情况赶紧向明智大侦探报告。假如能下床，请他务必来一趟。”

接听电话的文代回答说，明智先生还没有起来。

话音刚落，对方说："请你把刚才说的情况向他转达。过一会儿，我亲自登门拜访，向他报告详细情况。"

说完挂了电话。

明智小五郎听完文代转达的内容，立刻爬起来坐在床上。

"请把衣服拿来，我实在躺不住了。"

文代和中村警长赶紧制止，劝他好好养伤。他带伤出门危险性大，一旦遇上不测后果不堪设想。几个人好说歹说总算劝住了，留下文代继续护理，中村警长和小林芳雄快速赶往佃柳别墅。

俩人匆匆赶到佃柳别墅后，脸色苍白的三谷房夫早已按捺不住焦急的心情，跑到玄关迎接。

中村警长把信的大致内容以及明智小五郎的病情简单扼要地说了一遍。

"你是说，凶手预告过这起杀人事件？"

三谷房夫听完中村警长的介绍，焦急地问道。

"是的，我们在看那封信的时候，就像商定好了似的，接到了你打来的噩耗电话。"

"那，凶手还是那个没嘴唇的家伙？"

"嗯，肯定是那家伙！现在看来，乘坐气球逃走的无疑是凶手的替身。"

"那，那不可能！"

三谷房夫不知为什么极力否定中村警长的结论。

"斋藤管家被杀完全是一种过失行为。因此，我不认为是那个凶手杀的。如果说杀害斋藤的人是那个凶手的同伙，那也不合逻辑！”

“你说的杀害斋藤的人……那，你已经知道凶手是谁了？”中村警长问道。

“知道，完全是一种过失行为将他杀死的。怪我不好，如果当时我在现场，就不可能发生这种情况。”

“到底是谁？你已经抓住他了？”

“逃走了。可带着孩子的女人是逃不远的，要不了多久就能抓住她。”

“你说什么？带着孩子的女人……她会是谁呢？也许……”

“是的，就是别墅主人佃柳静子。她犯了过失杀人罪，杀害了无辜的斋藤管家。”

中村警长被这意外的消息惊呆了，半晌没说出话来。

“起因也是我不好，怪我在这家里太随便，有些举止可能无法让老人容忍。终于，老人向静子小姐发出警告。”

说古板的斋藤憎恨三谷房夫在佃柳静子家的言行举止，那是有可能的。女主人佃柳静子对于三谷房夫说的一切是言听计从，唯唯诺诺，使三谷房夫俨如真正的别墅主人。

作为佃柳家的忠实管家，当然看不惯这一切，积累在心里的不满终于爆发了。

这天，三谷房夫又来到佃柳家，和佃柳静子说着什么。

斋藤管家目睹这一情况后，装作有事请佃柳静子出来。

在二楼书房里，两个人发生了好长一段时间的争执。又过去了很长一段时间，还是不见他俩下楼来。于是，大家稍稍担心起来。

“楼上变得鸦雀无声，真奇怪！”

嗜好偷听的用人从二楼下来，向大家报告说。

根据三谷房夫的手势，秘书匆匆上楼去，只见佃柳静子握着沾满了鲜血的匕首，跪在老人尸体的边上。

秘书觉得佃柳静子一定是精神失常，连滚带爬地跑下楼梯，什么话也不说，只是一个劲儿地颤抖。大家急忙跑到书房一看，佃柳静子还是原来姿势，手握着匕首，耷拉着脑袋。

斋藤老人的心脏被刺，已经死了。

佃柳静子激动异常，癫狂模样。大家把她抬到楼下房间让她躺在床上，她没有反抗，但就是不吭声。

警察接到报警立即赶来。

按照惯例，她接受了警方的讯问。

出事现场的书房，窗都是关的，窗内侧都上了插销，与隔壁房间的那堵墙很厚，唯一的出入口就是房门。除佃柳静子以外，难以想象是其他凶手。

佃柳静子在接受警官讯问时，反反复复地说：“不知道，我不知道。”

她一边颤抖一边尖叫着回答。

如果不是她杀的，回答的声音理应更加干脆更加清楚。

佃柳静子在房间里抱着阿茂直哆嗦，大家为了让她尽快镇静下来，都悄悄离开了房间。用人们在另一个房间接受警方的讯问。

然而，当隔了一会儿再去佃柳静子卧室时，却发现她竟然失踪了。警官们顿时忙乱起来，立即朝警署打电话要求发布通缉令。紧接着，在别墅内外展开了搜索，可直到现在仍没有发现这对母子的踪影。

“给明智小五郎打电话，是为了借助他的智慧。我无法接受这一事实，佃柳静子不可能有杀人动机。”

三谷房夫强调说。

“这事太意外了！你那样强调也不无道理。可房间里没其他人，再说她手里握有带血的匕首。虽说这样的事实让你感到遗憾，但这两点是胜于雄辩的证据。”

用人对警官说了佃柳静子与斋藤老人当时争吵的对话。

“我现在就解雇你，听见了吗？请立刻从这别墅里出去！”佃柳静子喝道。

“不，我不出去，我是代替死去的主人向你提出忠告。”

老人的声音颤抖。

“你以为我是女人，就可以用教训的口气对我说话。告诉你，我再也不能忍受了。是的，就像你说的那样，我已经疯了，已经完全疯了。如果再次发疯，不知道自己会做出什么过激行为。到了那个时候，你就是后悔也来不及。你给我好好地想一想吧！”

佃柳静子和斋藤管家之间争吵得十分激烈。

“如果用人说的是事实，证明这起杀人事件有杀人动机和意志。”

三谷房夫的声音显得很沉重。

中村警长没有安慰的话。无论怎么思考，佃柳静子杀人的证据已经确凿。好一会儿，两个人谁都没有开口说话。

凶手寄给明智小五郎的信，与这起发生在佃柳别墅里的杀人事件之间到底有什么关联？那个没有嘴唇的怪物与被怪物盯着的佃柳静子难道是同伙？既难以想象，也……

中村警长苦思冥想。突然，他感觉背部好像被人捣了一下，他猛地转过脸朝后看，发觉竟是坐在边上一声不吭的小林芳雄。

小林芳雄用眼神不停地朝中村警长示意什么，原来是指桌上放有水果和点心的盘子。

盘子里摆放着可口的羊羹，其中有一块羊羹好像是谁吃剩的，上面留有鲜明的齿印。

怎么？小林君是不是想吃羊羹？不，不是这么回事，也许是说那上面的齿印？

中村警长刹那间领会了小林芳雄的暗示。

"三谷君，我好像发现了奇怪的情况，这羊羹好像是谁吃剩下的？"

"是的，这确实是佃柳静子吃过的！今天早晨在那起事件发生之前，她和我一道在这里，那确实是她吃剩下的。平日里一直是文质彬彬的人，唯今天的情绪显得特别激动，太不可思议了！所以，我记得很清楚。请问，警长问羊羹是不是有什么问题？"

中村警长暗暗吃了一惊。

如果这齿印与凶手的齿印相同，能得出什么结论呢？

"哎呀，我在这里实在待不下去了，必须尽快地找到佃柳静子小姐……”三谷房夫自言自语地说着，跌跌撞撞地出去了，不知去了哪里。

“真可怜！变得有点儿呆滞了。”中村警长嘟嘟囔囔地说。

“把这羊羹带回去，与那些齿印比较一下好吗？”小林芳雄说。

“照你说的办！你把它带回去，再把刚才的情况对明智先生说一下。我想留下来调查一下，如果有事打电话给我。”

小林芳雄离开佃柳别墅后，中村警长独自上二楼调查了书房。正像三谷房夫说的那样，现场所有情况都证明佃柳静子是杀人凶手。

中村警长走下二楼，不经意地来到院子，刚走了没几步，发现不远处躺着形状奇异的东西。走近仔细一看，原来是佃柳家养的家犬西古玛的尸体。西古玛遍体鳞伤，一看便知是被活活打死的。

毫无疑问，是凶手所为。

可是，凶手为什么要打死这条家犬呢?

询问了用人们，回答说，上次被绑架阿茂的歹徒棒打的伤口刚痊愈。今天早晨，还是第一次解开铁链给它自由的。

正在这时候，明智小五郎打来电话。

“啊，是中村警长吗？小林君带回来的羊羹上的齿印，我做了比较，齿印完全一致，如果确实是佃柳静子的齿印，可以得出她就是那个怪物的结论。”

“是真的？简直令人难以置信。肯定是在哪个环节上产生了判断上不合逻辑的失误，你说呢？”

“嗯，我也是这么想。可是，用什么证实它是静子小姐吃剩的呢？”

“三谷君的证言，他说得很清楚。”

“三谷君……”

明智小五郎思考了片刻。

“哎，你那里应该有家犬西古玛。它的脖颈上还拴着铁链吗？”

中村警长吃惊得险些将听筒弄丢在地。眼下，大家发现了西古玛的尸体后，都在议论纷纷。

“据说今天早晨，西古玛脖颈上的铁链被解开了。可这条家犬又不知什么时候被谁给打死了！”

“什么？被打死了？在哪里？”

“在院子角落里直挺挺地躺着呢！还是我刚刚发现的呢！”

“害死西古玛的家伙是凶手！而知道谁是真正凶手的，这世上只有西古玛。人可以被面具和化装所迷惑，但骗不过犬的嗅觉……啊，我的感觉太迟钝了！”

明智小五郎遗憾极了。

棺　　材

佃柳静子果真刺杀了斋藤老人？

在与斋藤老人发生争执的过程中，佃柳静子一反常态，情绪激动得不能控制，还大发雷霆，这是不争的事实。

“向主人提忠告……我讨厌，我不想听！”

火冒三丈的她，不顾一切地扑上去揪住斋藤管家。这，完全可以想象。并且，如果她当时手里拿着什么，肯定会敲打斋藤老人。这，也完全可能。

可事后，无论怎么回忆也想不起来自己究竟采取了什么过激行为。只是等到冷静时才察觉，斋藤老人已经躺在自己面前，而且躺在血泊里。胸部的伤口不停地涌出鲜血，涌出鲜血的地方插着一把匕首。

“糟啦！”

佃柳静子顿感两腿发软，瘫倒似的跪在地上。

“我难道精神失常了？可怜……”

她不由得握住匕首把柄，将它从老人胸口拔了出来。

秘书从门缝里看到的，正是这段情节。

用人们得知这一消息，脸色骤变，立即跑上楼去。

佃柳静子在众目睽睽下紧盯着三谷房夫，“哇”地哭出了声。

大家从她的手里夺走匕首，架起她下楼去了她自己的卧室。

这时候的佃柳静子哭个不停，因为，她明白了刚才所发生的可怕的事情是自己所为。那不是做梦，而是现实。当她终于清醒的时候，发现儿子阿茂正坐在她的身旁哭泣。

啊，孩子将与妈妈永远分别。

佃柳静子知道杀人者偿命，想到自己不久将与阿茂永别。

杀了斋藤老人的她，无疑将被告上法庭，受到最为严厉的法律制裁。想到这些，佃柳静子紧紧抱住阿茂轻轻地说：

“妈妈也要被处死！”

“谁处死妈妈？逃吧！快，逃吧！妈妈。”

佃柳静子听儿子阿茂这么一说，痛哭起来。这时，三谷房夫悄悄进来了。

“静子小姐别再哭了，快打起精神不要绝望，我深信你是无意的。当然，出了这种事，无论怎么说，是很难为自己辩解的。现在不是哭的时候，还是赶紧逃吧！加上阿茂，就我们三个。我有一个好主意。好了，现在这时候再不跑，人一来就脱不开身了。快，快跟着我来！有一个安全的隐蔽场所，是我发现的。”

佃柳静子被三谷房夫这么一催促，六神无主的她早没了自己的主张，只是觉得心紧张得跳个不停，赶紧牵着阿茂的手踮起脚尖跟在三谷房夫身后走了。

他们一行三人来到厨房旁边的仓库。三谷房夫掀开地板条，再掀开被土遮住的石盖。于是，黑乎乎的洞口出现了。

“这是一口枯井，你们母子俩就在下面待一会儿。”

三谷房夫又抱来两三条棉被扔入枯井，再扔入不知什么东西，让佃柳静子母子俩滑下去。

“好了，半夜一点左右我会来的。在我没来之前，你们一定要忍耐，相信我，安心地在下面等我。”

话音刚落，小土块稀里哗啦地掉落下来，随即，枯井里一片漆黑。

佃柳静子紧紧抱着儿子阿茂，浑身瑟瑟发抖。

“阿茂是好孩子，别哭！没什么可怕的。”

“妈妈，我不怕。”

阿茂嘴上这么说，身体紧紧依偎在妈妈怀里，全身不停地直打哆嗦。

随着时间的流逝，母子俩渐渐地镇定下来，可枯井里的寒冷包围了全身，唯有脚裹着棉被很暖和。

母子俩就这样暂时找到了安全栖身的地方，可却不能从这里逃走。家里有用人，前后门有警官把守，即便逃到外面，可警方到处设卡盘查也难以逃走，接下来该怎么办呢？

上午八点左右，佃柳别墅被送来一口棺材。为了安葬斋藤老人，三谷房夫打电话订购的。

根据三谷房夫的命令，老人的尸体被移入棺材里。

接着，棺材被抬到楼下的大客厅里，这间客厅是日本式的榻榻米风格，房间里摆放着鲜花和香烛。十二点左右，来悼念的客人们都告辞回家了。灯灭了，空旷的客厅里只留下孤独的斋藤尸体。

又过了一小时，凌晨一点到了。突然，大客厅里潜入一个黑影，鬼鬼祟祟的，没有脚步声。黑影用手摸着朝棺材靠近，而后掀起棺材盖。

那是三谷房夫。

他从棺材里一把拽出尸体夹在腋下，踮起脚尖朝厨房旁边的仓库走去。

三谷房夫将尸体藏在掩体后面，掀起地板盖朝下边轻声喊道："静子小姐，是我，好了，快上来转移到别的地方，别害怕！有我呢！"

佃柳静子和阿茂受到三谷房夫的鼓励，费了好一会儿工夫总算从枯井里爬了上来。

"阿茂，别出声，不然的话，那些可怕的叔叔会来抓你妈妈的，听见了吗？"

三谷房夫把他俩带到大客厅里。

"你俩就藏在这口棺材里，可能有点儿狭窄，但眼下顾不得这些了，只有忍耐。藏在棺材里才能顺利逃出这里，除此之外没有其他办法。葬礼是明天中午稍稍过后的时候举行，在此之前，你们千万别弄出响声，装作死人那样藏在里面，别忘了我说的这番话哟！”

佃柳静子吃了一惊，不由得后退了几步。可不这样做又没其他办法，最终还是按照三谷房夫说的那样下了决心。

她也不再想那么多了，躺在棺材里，阿茂躺在脚边，由于空间狭窄，两个人只能重叠在一起躺在棺材里。三谷房夫盖上棺材盖，将棺材恢复到原来模样。

此刻，距离葬礼举行时间还有十个多小时。在这漫长的时间里，躲在棺材里的母子俩十分难受，三谷房夫也在担心和操劳，都是很难熬的。

随着拂晓天亮，三谷房夫来到棺材边上，本来哪怕是一丝响声也不能有。但为了蒙混过关，他却无端地弄出了响声。原来，他为了不让别人掀盖窥视尸体，用铁钉将盖子与主体连成了一体。

葬礼时间终于来临，棺材被殡仪车运走了。殡仪车后面跟着亲戚乘坐的车，缓缓朝殡仪馆驶去。

藏在棺材里的佃柳静子在胡思乱想。

吓得魂飞魄散的阿茂蜷缩在妈妈脚边，双手紧抱住妈妈的腿。等到佃柳静子想起阿茂的时候，可怜的孩子已经睡着了。

太可怜了！难道一定要让无辜的孩子受这么大委屈……

佃柳静子深感自己的罪孽深重。

狭窄的棺材里，充满自己亲手杀死的斋藤老人的血腥味。佃柳静子险些叫出声来，但还是极力克制住了自己。倘若叫出声，势必前功尽弃。然而，刺鼻的气味似乎越来越浓。

突然，佃柳静子的脑海里闪过一种奇妙的想法。

咦，刚才躲藏在枯井里的时候，好像也嗅到过这样的味儿。她想到这里，不由得全身直发抖。

不过，在那口枯井里的时候也许……我的神经到底怎么啦?

就在这瞬间，她的脑子里又产生出奇妙的幻觉。

请忍耐！请忍耐……耳边回响起三谷房夫轻轻的说话声。这声音，好像曾在哪里听见过。那到底是谁的声音……

啊，与他的声音是那么相像！自己为什么直到现在才察觉呢？简直愚蠢到极点。难道自己的神经真的出问题了?

一连串的奇妙感觉和回忆，佃柳静子觉得自己的大脑处在失常状态。

度分如时，度时如日，此时此刻是那么的漫长，简直像在地狱里煎熬。

不一会儿，棺材被抬了起来。

晃动，使得阿茂睁开了眼睛。

阿茂一旦出声，十多个小时的忍耐将付诸东流，逃跑计划将化为泡影。佃柳静子将手伸过去轻轻抚摸了一下阿茂的脸，示意他别吱声。此时此刻的阿茂，不顾一切地抱住妈妈的膝盖。

传来了引擎声，车剧烈摇晃起来。

佃柳静子松了一口气。

眼下，即便棺材里弄出一点儿响声，外面的人也不可能听见。

“阿茂，你感到难受吧？好孩子，再忍耐一下！”

母亲轻声地说，儿子从脚边挣扎着爬到母亲怀里。

狭窄的木棺材里，母亲和儿子抱在一起，脸贴着脸。

“阿茂，三谷叔叔就要来救我们出去了，再坚持一会儿。”

殡仪车在继续行驶。

“妈妈，叔叔怎么还不来救我们呀？”

“再坚持一会。”

“去哪里？”

儿子问道，佃柳静子被问住了。她回答不出这一问题，只能想象：也许车停的时候，三谷房夫会把他们母子俩从棺材里救出。

如果三谷房夫搞乱了程序……我们母子俩就有可能被送到殡仪馆，那……

佃柳静子猛地焦急不安起来。

地　　狱

车终于停了。

好了，我们母子俩可以得救了。

佃柳静子的心咚咚咚地跳个不停，等待着救星三谷房夫即刻出现。然而，棺材被抬到车外的地面后，又立即被抬起来，还传来咔嚓的金属响声，好像被卸到了金属物上面。

咦，奇怪！

猛然间，又传来咔嚓的金属响声。与此同时，周围的嘈杂声不再传来。佃柳静子使劲儿地按住阿茂，竖耳倾听。

啊，是的，这不是殡仪馆的铁箱吗？刚才那咔嚓的金属响声，一定是铁箱门上锁的声音。虽然她对这种结构知道得不是很清楚，可大致能想象。一进入铁箱，不一会儿就会四面喷火，瞬间她们母子就会变成一堆骨灰。

佃柳静子想到这里浑身又哆嗦起来。三谷房夫为使母子俩能呼吸，将纸折叠后夹在棺材箱盖与箱体之间，外面的火光可以通过间隙射入棺材。可眼下，佃柳静子无论怎么看，外面还是漆黑一片，就连跟前的阿茂的脸也无法看清楚。

啊，我的想象肯定没错！照这样下去，我们母子俩将被烧成灰烬。

“阿茂，别这样了，快用手脚啪嗒啪嗒地乱敲乱踢，还要大声地喊。”

“真的可以吗？警察不会再来？”

不会再来了！摆在佃柳静子面前的，只有死路一条。不吭声也罢，逃也罢，结局都一样，不是火烧就是绞刑。

佃柳静子连忙制止阿茂，否定了自己刚才说的。

“不行，别弄出响声，还是再等一会儿吧！”

怎么办呢？

她把自己的脸贴在儿子脸上，和蔼地问道：“阿茂，与妈妈一起去美丽的天国！我们母子俩相互紧紧地抱着去。怎么？不跟妈妈去？”

她热泪盈眶，怎么也抑制不住无限伤感的心情。她使劲儿咬紧牙关，却无法抑制哭泣的声音。

“妈妈，我在死之前想要一样东西。”

听儿子这么一说，佃柳静子紧张起来，认真思考了一下，对了，这两天里，肚子一直是空的，儿子阿茂，肯定是肚子饿了。

“嗯，我想吸妈妈的奶。”

“啊，好……吸吮着妈妈的奶头，也许会忘记肚子饿。”

阿茂在狭窄的棺材里不停地晃动着身体，小嘴终于含住了妈妈的乳头。

母子俩就这样温暖地抱在一起，可这时间并不长。

寒冷的夜里，似乎从远处传来引擎声。

“阿茂，听见声音了吗？也许是三谷君来接我们了？”

佃柳静子侧耳倾听，确实有声音传来，可总觉得与引擎声不同，倒像是棺材底下传出的声音，一种不可思议的响声。

咣啷咣啷的金属响声，很轻很轻的歌声，还有男子粗犷的声音……

啊，是点火！一定是殡仪馆的火葬工点火来了！

佃柳静子的心脏仿佛就要破裂，剧烈地跳动起来。

最后时刻到了！竖起耳朵听，也许是神经过敏？突然，传来“轰”的燃烧响声。

“妈妈，怎么回事？听，那是什么声音？”阿茂的小嘴离开妈妈的乳头。

“我们马上就要去天国了！天神在迎接我们！”

佃柳静子终于回答了儿子的提问。由于恐怖席卷了全身，剧烈跳动的心似乎已经跳到了嗓门眼，癫狂又要发作。

阿茂突然抱住母亲。

“我怕！我怕！”

“不，别怕！只是刹那间的痛苦，忍耐一下就行了，好孩子！听话……”

火势越来越旺，棺材里的温度急剧上升，再过一会儿，火就会移到棺材板上。

“烫！”

“还会更烫，否则，我们去不了天国。”

佃柳静子咬紧牙关，使劲儿抱住儿子阿茂。

烫！无法忍耐的烫！火势移到了棺材底，传来了劈里啪啦的响声。红彤彤的火光开始穿过间隙，将地狱般的棺材里映照得通红通红的。

“火！火！妈妈，快，快！”

阿茂挣扎着，竭尽全力企图逃出滚烫的棺材。

棺材里的空气变得干燥起来，已经无法呼吸了。

就连已经知道是最后时刻的佃柳静子，她现在也想从这里逃走。

啊，可怕！果然是我想象的那样！

最后的瞬间，佃柳静子恍然大悟全明白了。

三谷房夫！他才是那个没有嘴唇的家伙！从一开始就设下圈套！斋藤管家也是他阴谋杀害的，可结果也许是他伪造了现场，使得大家认定我是凶手。卑鄙！惨无人道！

自己为什么不早一些察觉呢？如果早一点儿醒悟，就不至于落到这种地步！眼下，无论如何要逃出这里，必须向大家解释自己是清白……

佃柳静子突然和儿子阿茂一起齐心协力，拼命顶上面的棺材盖。

“阿茂，尽量大声地喊！”

母子俩声嘶力竭地大喊。声音既不像哭也不像喊，四只手脚不停地踢打棺材盖。然而，用厚铁板隔成两层的铁箱里，被燃烧时的声音阻隔住了，用脚踢盖子的声音是不可能传到外面去的。

这时，棺材板烧毁了，火苗烧着了母子俩的裤脚，冒起呛鼻的青烟。母子俩都已经精疲力尽，脸朝着棺材底，使不出一点儿劲儿。而包围着母子俩的烈火，却更加猛烈地朝他们扑来。

终于，火烧着了佃柳静子的衣服和阿茂的裤子，并且朝上蔓延。想用手推开烧剩的棺材盖，可棺材底已经被烧得发脆，眼看就要掉落，即便再有力气也无法躺在上面使劲儿。

母子俩被呛得眼看快要窒息。

阿茂由于难受和痛苦，手指甲抓破了妈妈的乳房。

啊，再这样下去可就……

佃柳静子看到阿茂的痛苦，再也忍受不住了。她把双手按在阿茂的脖子上，使出力气打算一口气将在痛苦中挣扎的儿子掐死。

就在这时候，佃柳静子听见咔嚓咔嚓的响声。刹那间，棺材像地震似的剧烈摇晃起来，不时传来木板破裂的响声。

是最后时刻了！身体将在烈火中向下坠落。佃柳静子不由得从阿茂的脖子上抽回双手。

天啊！这当口，不可思议的是，身体忽然感觉舒爽起来，呼吸不再急促。

她猛然睁开眼睛，也不知是什么时候，棺材盖开了，有一张脸正在从上面窥视他们母子俩。

啊！是三谷房夫！

“静子小姐，别怕！快打起精神来！是我哟！让你受这么大痛苦，实在对不起。”

“我们得救了！这是真的？”

“嗯，警察把守得太严，不能尽快地从他们眼皮底下脱身。你也许知道我是多么心急如焚啊！好在终于赶上了，太好了！”

“三谷君！”佃柳静子失声痛哭。

盗　墓

三谷房夫给了火葬工许多钱，拜托他们守口如瓶。

棺材里放入从标本商店买来的一具人骨代替母子俩。接着，佃柳静子和阿茂跟着三谷房夫悄悄离开了殡仪馆。

与此同时，明智小五郎在斋藤老人葬礼那天从病床上起来了，并且非常活跃。

第三天，中村警长来到病房拜访明智小五郎。这次拜访与上次拜访，已经隔好长一段时间了。

"怎么？已经好了？"

"还没有，可我怎么也睡不着。案情变得越来越有趣了……"

"什么？你是不是已经掌握了凶手行踪的线索了？我们警方正在竭尽全力寻找佃柳静子的行踪，可到现在还没得到任何线索。”

“是呀，要说确实的线索，我也没掌握。但线索吗，要多少就有多少。但要把它们一一理出头绪来，非常困难。”

中村警长显得不高兴起来。警方正在为手里没有线索而感到为难。

“从石膏像里取出的三具女尸，身份已经查清楚了吗？”明智小五郎问道。

“经过了相当艰辛的调查，可奇怪的是，没有与这三个女尸相同情况的失踪者。”

“那三个年轻女子的尸体，脸上模糊得看不清楚。”

“是的。”

“中村警长，正巧你来了，想让你看一样东西。”

“什么东西？”

明智小五郎突然站起来打开隔壁房门。

“就是那个。”

中村警长站起来走到门口，朝房间里扫了一眼，“啊”地惊叫一声愣着不动了。那里伫立着两个人，是警方费了九牛二虎之力也没有找到的佃柳静子母子俩。

“你是怎么……”

“哈哈哈……中村警长，别吃惊。”

明智小五郎径直走到母子俩身边，用手指在他们脸上敲打起来。那是佃柳静子母子俩的蜡像，由于做工精细，简直难辨真伪。

“就连你也觉得是真的，这太让我高兴了。”明智小五郎高兴地哈哈笑了。

“佩服！可是，为什么要让雕塑家制作这样的蜡像？是不是打算把这对母子蜡像当雕塑欣赏，如果是这样，那太有趣了……”

“岂止当雕塑玩具，我跟你说，用处可大着呢！”

“哦，不就像欧洲侦探小说里说的吗？”中村警长讽刺说。

“蜡像的手脚和身体，与真人十分相似。”

“嗯，太像了！花了很大工夫才制成的吧？”

“不，三天就成功了。”

“身体部位是现成的，仅头部花了一点儿工夫，是根据好几张照片雕塑定型后制成的。”

“啊，那么短时间就制成了啊！”

“雕塑家起早贪黑干的。我催得紧，要求雕塑家最迟在今天交货。为此，我交了比平时价格高出一倍的加急费。”

如果是最迟今天使用，明智小五郎肯定要派上用处。

“中村君，我想拜托你一件事情。”

“你的事情好说，我尽量为你提供方便，到底是什么事情？”

“是挖墓调查尸体。”

“去墓地？”

“是的，四个墓地……”

“怎么有四个？”

“是的。一个是在盐原温泉死的冈田道彦……”

“哦，那儿是土葬，调查起来估计没什么难度。不过，大概已经没有原形了……”

“没关系，骨头也行。按理说，牙齿还在。”

“哦，就是调查我上次看到的齿印吧？”

“是的。不弄清楚它放不下心来。在齿科医生那里弄到的冈田道彦的齿印，如果与土葬的冈田道彦的齿印不同，说明他还活着。”

“好，我照你的吩咐办……另外三个墓呢……”

“这，与其说是挖墓，倒不如说我们是去核实有没有尸体。也就是说，去看一下埋葬的地方是否是空的。”

“什么？竟有尸体被盗走的事情？盗墓者到底是谁？”

“不知道是谁。所以，为了找出那些尸体不需花大力气。”

“照这么说，墓地已经找到了？”

“是三个年轻女子的墓地。你忘记了，就是雕塑室发现的三个年轻女子的棺材。”

“但是，棺材不是早就烧了吗？”

“是的。请你派人挖的墓地，是火葬前的。”

“原来是这么回事……也就是说，雕塑室里的那些尸体不是被杀死的，而是从哪个墓地里挖出来的尸体。”

“是的，思考一下迄今发生的一系列案件，凶手是一个杀人不眨眼的刽子手。可再仔细思考一下，凶手似乎还没有杀人。”

“那么，你是说这起事件不是杀人事件？”

“是的，说得牵强附会一点儿，是杀人未遂事件。”

“什么？杀人未遂？照你这么说，凶手有杀人动机而且实施了，但没有成功。如果三个年轻女子不算在内，另两个不是已经被杀了吗！”

“两个？不，是三个。可是，那也许与你假设的凶手是两码事。”

“不管怎么说，都是既遂而不是未遂。”

“人确实被凶手杀了，可凶手似乎还没达到目的。他真正的目的不是这些，好像有别的什么。”

“这样吧，我赞同挖墓地，有关各方面的手续由我们警方承办。”

“那就拜托你了。要取得证据，就只剩下这办法了。我现在还有些其他事要处理，结束后我会赶到墓地那里的。”

第二天，中村警长带上警察去挖掘盐原那里的冈田道彦墓。接着，赶到墓地的明智小五郎，将随身携带的齿印和尸体上的牙齿进行了比较。

“瞧，完全相同，没有不同的地方。”

尸骨上的齿形与石膏模型的齿形，无论谁看了都认为是一模一样。可见，冈田道彦真的死了。

挖墓一结束，明智小五郎对中村警长说：“冈田道彦曾提出用毒药与情敌决斗，失败后留下恐吓的话走了，而且还在雕塑室制作了尸体石膏像，最后自杀。像这样自相矛盾的解释，让人觉得很不自然。如果能解释清楚这一情况，当时那个没嘴唇的怪物之谜就可迎刃而解。”

第二天是在雕塑室附近的O村挖墓。

不知何故，O村至今还保留着土葬的习惯。明智小五郎非常重视，经过调查，结果出来了。

该村有三个年轻女子的死亡时间和死亡年龄，与雕塑室发现的三具女尸的解剖结果相一致。

挖墓结果果然如明智小五郎预料的那样，三口棺材里全是空的。可棺材里有一封信，是写给明智小五郎的。

“明智小五郎”五个字写得大而清楚。

明智小五郎：

注意到这片墓地并且将它挖开的，多半是你这个家伙。可遗憾的是，你稍稍迟了一步。从这三口棺材里移走尸体，是我最后的目的。现在，我已经如愿以偿。

你终于挖了这些墓地，你想过这将意味着什么吗？实话告诉你，当你挖墓地的时候就是你的末日来临。

你终于被宣告了自己的末日。一切都已经迟了！无论你怎么防备，对于我这个盗墓人来说，你都是不自量力。

“是呀！这家伙的恐吓信，我已经接到第三封了。”明智小五郎笑着把纸揉成一团，朝远处扔去。

第一幕

明智小五郎与中村警长悠闲地朝寺院大门走去。

“中村警长，如果不妨碍的话，我们现在去佃柳别墅。三谷君多半在那里，我们向他打听一下那后来的情况。”

“嗯，我也是这么想的。”

两个人到达佃柳别墅的时候，已经是黄昏了。

佃柳静子和阿茂下落不明的这个家，像人去楼空那样鸦雀无声。两个人一走进玄关，凑巧三谷房夫在家，于是三个人一起来到大客厅。

“这别墅现在由佃柳静子的亲戚管理，可他们都不熟悉这里的情况，没办法，我只能在这儿里里外外地张罗。”三谷房夫解释说。

“静子小姐那里一点儿消息也没有吗？”

“没有，我也一直想向你打听呢！警方的搜查结果怎么样啦？”

“她逃之夭夭了，我们至今没有得到任何线索。出乎我们意料的是，这女人竟然具有这样的智慧。”

“我也感到非常意外。母子俩出逃，竟然连一个家人也没发现。”

三谷房夫装作一无所知的模样。

“这幢别墅有点儿像魔术师的魔术箱，乍一看什么也没有，可里面到处设有机关……”明智小五郎风趣地说道。

“照你这么说，这幢别墅里的某个地方有什么秘密机关？”中村警长侧过脸望着明智小五郎问道。

“如果不是这样，自称小川正一的被害男子的尸体怎么会无影无踪？还有佃柳静子母子俩下落不明，该怎么解释呢？”

“嗯，当时我们警察搜遍了每一个角落，可以说是地毯式的搜查方式。”

“这也许是外行的搜查方法。如果是魔术的秘密，若不是魔术师那样的人，别人是弄不明白的。”

“这么说，你好像已经清楚了。”

“可以这么说，不过，仅仅是某种程度……”

“那，你为什么不早说呢？”

“这要等待时机。”

“原来如此。那，你说的那个时机是什么时候？”

“是今天，也就是现在。抓获那个没有嘴唇的怪物的时机已经来临。中村君，我把你请到这里来是为了让你看魔术的秘密。幸亏三谷君也在这里。现在，我们三个人一起看一下这魔术箱里的机关好吗？”

大侦探这番令人不可思议的话，着实让中村警长惊呆了，哑口无言地愣在那里。大侦探继续往下说：“首先，我们调查一下小川正一被杀的二楼书房。”

三个人来到书房里的佛像前面。

这时，秘书抱着人那么高的稻草人进来了。

“你怎么啦？把它拿来干什么？真让我难堪。”三谷房夫吃惊地训斥道。

“哦，对不起，这是我拜托他的。”明智小五郎从秘书手里接过稻草人。

“其实，这稻草人是今天这出戏的主角。”

“你是演戏？”三谷房夫和中村警长异口同声地问道。

“仅凭嘴解释这书房里的机关，恐怕很难说清楚。因此，我打算重现犯罪现场。也就是说，用情景再现的形式让你们看个明白。今天，我请中村警长到这里来，是本来就安排好的。再说，各角色的演员也到齐了。”

中村警长听了越发感到糊涂起来。

“中村警长是警方代表，三谷君是佃柳家代表。”

明智小五郎一边说，一边从排列着佛像的墙那里走到最远的墙角。那里排列着三张椅子。

“且说，第一幕是杀害小川正一的现场。代替小川正一的，就是这个稻草人。小川正一从门口潜入，在门内侧上锁。”

说到这里，他走到房门那里上了锁。

“接着，他站在这座佛像前开始嘀咕。房间里就是这个窗户没有上插销，其余的都上了插销。”

三个人一起坐到椅子上。

“好，现在房间里的情况与当时现场一模一样。小川正一究竟是谁杀的？”

窗外黄昏来临，宽敞的别墅里一丝声音也没有。

中村警长以为凶手越窗进入房间，眼睛紧盯着没有上插销的那扇窗。突然，传来“哗”的响声，稻草人倒在地上。

“就是它！”

明智小五郎声音刚落，大家的视线同时投向稻草人。不知从哪里飞来一把匕首，不偏不倚地刺入稻草人。中村警长仔细打量着那把匕首，房间里没其他人，它又是从哪里飞来的呢？奇怪！

中村警长朝稻草人跟前走了两三步，忽然吃惊地站住了。

咦！不可思议！稻草人身上什么也没有！

他朝四周环视，突然走到佛像跟前仔细查看。可是，佛像身上什么机关也没有。

目睹了这不可思议一幕的中村警长，怀疑自己的眼睛是否看错了，蹲在地上观察起稻草人来。五厘米长的稻草被割断，留有匕首插入的痕迹。

“稻草人，也就是小川正一的胸膛被刺。这，你们看清楚了吧！”

明智小五郎边说边笑。

“可怎么没有凶器？匕首呢？”

“现在我来公开真相。这是斋藤管家和秘书发现小川正一尸体时的状态。不用说，现场没有匕首。”

“真不可思议！好像是做梦。”

三谷房夫的叫声出奇的响，中村警长和明智小五郎不由得望着他。但由于光线暗淡，看不清他脸上的表情。

“快开灯！这么暗的光线，什么也看不清楚。”中村警长直犯嘀咕。

“再坚持一会儿，真正的魔术马上就要开始了。”

“且说，斋藤管家立即报告了警方，而后关上窗和门，还在门外侧上了锁，以保护现场。当时，房间里的人是一起出去的。”

明智小五郎边说边模仿着当时关窗和插上插销，再关上房门上锁，随后把钥匙放入口袋。

“那后来究竟发生了什么情况，接下来实地表演给你们看。”

可房间里只有三个人和一个稻草人，到底由谁表演呢？

这时，中村警长发现房间里的某个角落有人影晃动。

确实像人！酷似袖珍法师的怪物，全身漆黑，沿着对面的墙往下爬。

大家紧盯着从墙上下来的怪物。

方格天花板角落出现一个黑孔，凑巧一块方格天花板那么大小。从那里，向下垂着一根细麻绳。

黑衣怪物不是沿墙往下爬，而是攀着这根麻绳往下爬，无声地下到地面。

他蹲在倒地的稻草人身边，似乎在核实稻草人是否已经死亡。过了一会儿，怪物突然把稻草人夹在腋下走到门口，从口袋里取出备用钥匙打开门锁，来到走廊上。

“走，我们现在跟踪怪物，看他去哪里。”

明智小五郎轻声说着，迈开脚步走在头里。

黑衣怪物沿走廊不停地朝前走，令人奇怪的是，不管他走的速度多么快，却没有一点儿脚踩地的响声。

走廊尽头有狭窄的消防楼梯，他沿楼梯往下，走完楼梯再沿着狭小的走廊朝后门稍稍走几步，那里便是仓库。

黑衣怪物悄悄推门溜进仓库里。

明智小五郎走在前面，后面两个人紧随其身后。

黑衣怪物把稻草人放在地上，用力掀地板，费了好一番工夫，终于将边长两米的正方形地板掀开了。接着，他下到地板下面，用手拂去土层，开始使劲儿移动枯井上的石盖。

过了好一会儿，他总算移开了石盖，出现了枯井口。井口上架着两根粗圆木，他又使出全身力气将圆木移开。从移开石盖开始，仓库里充满了令人恶心的臭味。

中村警长马上嗅出了怪味的源头。

“明智君，枯井里有什么东西，你大概已经知道了吧！”

“嘘……请再坚持一下！三十分钟的时间里，我让你看清一切！”

这时，黑衣怪物把稻草人拽到枯井边，猛地扔入枯井。

“按理还要恢复石盖的原来模样，但为了节省时间，就不搬动了！”

明智小五郎补充说明。

黑衣怪物爬上来将地板恢复到原来模样，再扫视一下周围，而后无声无息地返回二楼书房。

他等大家走进书房后，在门内侧上了锁，随后攀缘绳索爬到天花板夹层里，再将细麻绳拽上去，最后将方格天花板恢复原来模样。

第 二 幕

“好，第一幕就演到这里结束。”

明智小五郎站着说，随手按一下墙上的开关，房间里的灯“啪”地亮了。

“就这样，小川正一的尸体消失了。中村君，你们警察是在这之后才赶到这里的。”

“那把杀害小川正一稻草人的匕首呢？”

“匕首，那是黑衣怪物从天花板上朝稻草人扔过去的，随后又将匕首收回天花板夹层里。也就是说，那把匕首上拴着长长的细麻绳。”

“那，黑衣怪物到底是谁呢？”

“这么说吧，他是出乎我们意料的家伙，我发现他也只不过两三天时间。事实上，我也没想到竟然是他。”

“照这么说，那家伙是本案的真正凶手？”

“嗯，真正凶手……是的，从某种意义上说，可以这么解释。可在我解释他到底是谁之前，我还有东西要给你们看。这回的场面，才是我最想让你们看的。

“这回的场面，是小川正一事件的两三天后发生的，不过，都是暗地里进行的，警察和佃柳家人都根本不清楚。”

“那，跟斋藤管家被杀事件无关吗？”

“是的。在小川事件和斋藤事件之间，还有过一起无人知晓的事件，也是在这书房里发生的。”

明智小五郎说完又站起来走到墙边，啪地关闭了电灯。

于是，对面墙上出现了一个大而圆的光束，顷刻间，佛像犹如在空中云游。

不知是什么时候，明智小五郎准备了手电，并将光束照在墙上。

光束一点一点地移动，移到门口时停住了。

仔细一看，门上的拉手在一点一点地移动，好像有人将门朝外拉开。门朝外移动，一厘米，两厘米……门开得很慢，开门的人十分小心翼翼。

随后从外面走进一个人来，朝着光束走去。明智小五郎邀请的两个“特殊观众”一见来人的模样，不由得“啊”地叫了一声。

是那个怪人！头戴黑呢帽，身披黑披风，鼻梁上架一副宽边眼镜，大口罩遮住了嘴和鼻子。

大口罩怪人在光束里慢慢朝前走，眼睛注视着房间角落的那块可以移动的方格天花板。刚才，那个怪物就是移开那块天花板下到房间里，作案后再从那里回到天花板上夹层的。

少顷，他来到正面墙的中间部位，在佛像前面停住，接着目光朝着天花板蹲了下来。

那目光那架势仿佛是信号，于是，那块天花板开始移动，发出嘎嗒嘎嗒的奇妙响声。与此同时，出现一个呼啸飞来的东西，匕首！但大口罩怪人像杂技演员眼疾手快，飞身躲过匕首。

他一把抓住拴着匕首的细绳，使劲儿拽了一下。

“哇！”

传来哀号声的同时，也传来天花板晃动的声音。夹层里的怪物见匕首被夺，拔腿就跑。

大口罩怪人把桌子搬到那块移动天花板的下面，再搬来两张椅子重叠在桌上缩短与天花板之间的距离，然后踩在椅子上爬到天花板夹层里。

须臾，天花板夹层里传来剧烈的响声，两个怪物在夹层里你逃我追。

片刻后，不再有声音传来，原先躲在夹层里的怪物被后爬上去的怪人抓住了。

这段时间里出奇的安静，片刻传来轻轻的呻吟声。

不知是谁被杀了。少顷，呻吟声逐渐转弱，在黑暗中消失了。随后，又是一片寂静。

几十秒钟过去了，天花板上的夹层里传来脚步声，从那块移动的天花板窟窿里降下一根细绳，一个耷拉着脑袋的家伙被绑在细绳一端。

是尸体，是那个原先躲在夹层里的黑衣怪物的尸体。

沿着那根细绳，大口罩怪人一溜烟地来到地面。

他弯腰在尸体上检查了一会儿，再解开捆绑在黑衣怪物尸体上的细绳，将细绳抽回到夹层里，再将移动的方格天花板恢复原来模样。而后，把已经不需要的椅子和桌子放回原来的地方。就这样，犯罪现场被破坏得荡然无存。

接着，大口罩怪人走到刚才的佛像跟前，猛一使劲儿将它推倒。

咔嚓！传来沉闷的响声，佛像朝后仰，那里的台座上面出现了一个手提式保险柜。

大口罩男子打开保险柜的柜门，将里面的东西全装在袋里。

当然，这都是“演员”模仿的。

“保险柜里有价值连城的宝石。”明智小五郎补充道。

取出里面的东西后，大口罩怪人恢复金佛像的原来模样。

接着，大口罩怪人抱住黑衣怪物离开房间。于是，明智小五郎带着两名“特别观众”跟了上去。

中村警长越看越来劲儿，精神抖擞，可三谷房夫被这出戏似乎吓得魂不附体。

“怎么啦？三谷君，不舒服吗？”

“没什么不舒服，我只是觉得太不可思议了……”

三谷房夫说完朝他俩笑笑，然而脸色苍白，额头冒汗。

“打起精神来！再过一会儿，你什么都明白了。”

明智小五郎鼓励他拿出勇气，还半拉半拽似的带着他走。

大口罩怪人去的目的地，又是刚才的仓库。他按照刚才黑衣怪物的动作顺序掀开枯井上的地板，将挟持在腋下的尸体扔了下去。

人　鬼

“就这样，第二幕结束了。”明智小五郎解释道。

这时，大口罩怪人和黑衣怪物已经友好地站在一起。

“照这么说，还有第三幕？”中村警长问道。

“是的，还有第三幕。不过，这只需解说就可以明白。”

“明智先生，在此之前，我想调查一下枯井里的情况……”

“好哇！枯井里有梯子，请下去看看！我把手电借给你用。”

中村警长立刻朝那边跑去，用手电朝枯井里照去，首先出现在光束里的是刚才的稻草人。

那下边是棉被，是三谷房夫当时为了隐藏佃柳静子母子扔下去的。

“请帮一下忙！有许多棉被。”

中村警长将稻草人扔到枯井外的地板上后，朝上边说。

伫立在墙角的两个扮演怪物的演员，根据明智小五郎的命令给中村警长当助手，将棉被一条一条地从枯井里拽上来。中村警长将棉被全部从枯井里清除后，下到梯子的最后一段，用手电照亮井底。

“啊！”

井底传来中村警长的叫喊声，他发现了两具尸体。

“这是小川正一的尸体？”

一具尸体，可以通过服装立刻辨认出是谁。可另一具尸体，中村警长紧盯了半晌，接着惊叫起来，沿着梯子朝上爬了几步。

这具尸体，脸上既没有鼻子也没有嘴唇，令人不寒而栗。

“这具尸体究竟是谁？”

“他是居住在天花板夹层里杀死小川正一的家伙。”

“照你这么解释，我们到处搜寻的杀人凶手一直隐藏在这幢别墅的天花板夹层里。那，这家伙到底是谁？为什么居住在天花板夹层里？”

“那是因为他惦念自己的别墅，尤其惦念自己的书房。”

“你，你说什么？”

“这具男尸就是别墅主人，佃柳静子的丈夫，他叫佃柳庄藏。”

“咦，怎么会发生这么愚蠢的事？佃柳庄藏不是在两个月前死在监狱里了吗！”

“我也是那样想的，而且深信不疑。可他大难不死又活了，是在土葬的墓地里生还的。”

中村警长从枯井里爬上来问道：“那是真的？不是开玩笑？”

“你觉得意外是当然的。但这的确是事实，所有圈套都是他同伙设的。”

明智小五郎把手伸到墙上按了一下电灯开关，房间里的灯亮了。

“了解到这一情况的是文代。佃柳庄藏买通了监狱里的一个医生，巧妙地骗过了监狱警方的眼睛。文代是从医生那里得到的情况。”

“照这么说你早就知道了，可一直瞒到现在。”

中村警长不由得语气激动起来。

“不，我是昨天才知道的，要说得详细一点儿，那还得慢慢地说。如果说简明扼要一点儿，也就是说，监狱里的人是同谋，都说佃柳庄藏已经死了。当时，他确实是一个危重病人，处在失去知觉的昏迷状态，但绝不等同于死。

“他是被一种从南洋采来的草药弄成那种状态的，而阴谋策划和实施的家伙是他的同伙，从而使他顺利地离开监狱。当然，‘已经死亡’的他是被送到墓地里埋葬的。

“后来，他被从土葬的墓地里挖了出来。从那以后，他为了保护自己盗窃来的珍贵宝物，以鬼的方式活着。”

“这……不可能！监狱里怎么可能发生那种情况……”

“佃柳庄藏是大富翁，监狱里的人都经不起金钱诱惑，上了他的贼船。得到的贿赂毕竟是巨款，可以供所有的同伙享福一辈子。从墓地里出来的佃柳庄藏，如果还是保持原来模样，要不了多久又会被警方逮捕重新入狱。因此，他下定决心毁容，将剧毒药涂在脸上弄成了这般目不忍睹的模样，与以前判若两人，以鬼的模样生活在这个世上。”

“对于这一情况，我有疑问。佃柳庄藏的服刑期应该是七年，他完全可以等到那时候出狱。”

“中村君，你难道把杉村宝石店的盗窃案忘得一干二净了？”

“什么？杉村宝石店？当然记得！那又怎么啦？”

“去年三月，杉村宝石店的仓库被破门而人，两个保管员被杀了。”

“是的，是有这么一回事。凶手的手段十分狡猾隐蔽，遗憾的是，至今未得到一点儿线索。”

“后来，相继发生了早濑钟表店被盗案，小仓家名贵宝石被盗案和北小路夫人的首饰被盗案。”

“是的，这些案件的作案手法都相同。”

“现在，歹徒被抓住了！”

“你，你说什么？那家伙在哪里？”

“在这里，这家伙是偷盗宝石的惯犯。”

明智小五郎用手指了一下脚底下的枯井里。

“从表面上看，佃柳庄藏以贸易公司为幌子搞欺诈活动。可背地里，他疯狂盗窃宝石，还杀了许多人，犯下了不可饶恕的罪行。他的好几个同伙，都是十恶不赦的恶魔。服刑的他，担心同伙们有朝一日背叛他，盗走他积累多年的宝石赃物，担心他们去警方揭发他的偷盗和杀人罪行。

“尽管只被判了七年徒刑，可被心病困扰的他待在监狱里简直度日如年，整天在铁窗下忧心忡忡，徘徊不安。

“他清楚，如果在服刑期间被揭发出其他严重罪行，会罪上加罪，何况所犯的罪行加起来足以判处死刑。有了这种想法，他伪装成死人，用药物毁容，是完全合乎逻辑的。

“可他还不放心，配备了假手假脚模仿残疾人。

“他将自己变成与以前完全不同的模样后回到自己的家。可一走到门前又困惑起来，能让妻子儿子看见自己这般模样吗？能向妻子儿子公开自己巧装死人越狱的秘密吗？

“佃柳庄藏决定不再与妻子见面，来到涉川的同伙家隐居了两个月。这期间他多次趁着夜幕潜入自己家中窥视妻子和儿子，找到藏宝石的地方后自我欣赏，满足自己的欲望。他去盐原温泉，也是因为不放心妻子。

“他偷盗来的宝石就像你刚才看到的那样，都藏在书房里。为了防备别人靠近那里，绞尽脑汁设置了许多防范措施，把那些面目狰狞的佛像排列在那里也是措施之一。

“他在佛像眼睛里设置机关，一旦有人来到佛像前面，那眼睛就自动张开，以吓唬别人不敢靠近那里。

“还有，他还设置了紧急隐蔽场所，在天花板上的夹层里制造了暗室，将那块天花板变成活动天花板，自己可以从那里自由出入。起初，他住在同伙的家里。可那段时间，他无法忍受与心爱的宝石分开。

“再者，有一个同伙已经察觉到他藏宝石的地方，并且正在打他宝石的主意。还有，三谷君常常出入这幢别墅，也是他担心的一个方面。为此，他下决心潜入家中隐蔽在书房天花板的夹层里。

“住在夹层里，可以天天看护自己心爱的宝石。这时，他的一个同伙潜入书房，就是那个自称小川正一的男子。

“这男子打算偷盗佛像里的宝石，佃柳庄藏知道这一情况后，用那把事先准备好的匕首投向小川正一。由于刀柄上拴有细绳，刺杀了小川正一后再将绳索收回夹层。那情景刚才已经实际表演过，也就是你们看过的第一幕。”

第三幕

中村警长陷入了深思，好一会儿才抬起头对明智小五郎说："佃柳庄藏是恶贯满盈的歹徒，这我清楚。但我没想到他甚至会杀人。哎，如果说歹徒是佃柳庄藏，那他为什么要绑架自己的孩子，还逼迫佃柳静子送赎金？我实在是无法理解。"

"问题就在这里。刚才让你看的第二幕戏，是为了让你更明白。就像你看到的那样，佃柳庄藏被另一个凶手杀了。你想知道那家伙是谁吗？"

"哦，是那个戴眼镜戴口罩的可疑家伙。"

"好，我现在就让你看一下那个人。喂，你把口罩和眼镜摘下！"

明智小五郎朝那个站在仓库角落身着黑披风的男演员说。

身披黑风衣的演员抬起头摘下宽边眼镜，再摘下口罩。

出现在大家眼前的是骷髅脸，牙齿完全裸露在外，没有嘴唇。

中村警长猛地朝前迈了一步。

三谷房夫大吃一惊，脸顿时变了色，嘴里含糊不清喃喃地说着什么。

他到底想说什么？无法听清楚他说的真正意思，好像在说梦话。

中村警长又用手电照亮枯井里，只见佃柳庄藏的尸体还躺在原来地方。

两个完全相同的怪物同时出现了。

“照这么说，没有嘴唇的人杀死了没有嘴唇的人……”

“是的。没有嘴唇的家伙杀死了没有嘴唇的佃柳庄藏。也就是说，这起案件里有两个没有嘴唇的凶手，他们的目的各不相同，所犯的罪行也不同。我们迄今为止没把他们联系在一起考虑，以致始终没能抓住案件的关键。”

“怎么有这种情况！像这样的两个残疾人与同一案件有关，这样的巧合是不可能有人相信的。”中村警长似乎觉得又上了明智小五郎的当，生气地嚷了起来。

“不，不是巧合。是因为你觉得两个都是真正的残疾人，才会深信不疑。可其中一个是假冒的残疾人，伪装的……来，你把那个摘下！”

明智小五郎朝着穿黑披风的人说。

听到这一命令，黑披风演员敏捷地摘下帽子扔在地上，把手放在下巴上用力拽起自己的脸来。

这是一个非常精巧且逼真的面具，是用蜡精加工而成的。

扮演黑披风男子的不是别人，是明智小五郎的助手文代小姐。此时此刻，她那张漂亮的脸蛋笑得像一朵花。

“你也摘下面套！”

文代温和地对站在身边的黑衣怪物说。

“啊，太好了，我还真难受极了！”

黑衣怪物摘下脸上的蒙面套，长长地吸了一口气，他是小林芳雄。

中村警长从文代的手里接过蜡制面具，观察了好一会儿。

“明智君，这么说你找到了园田黑虹戴的面具的制造者？”

这当口，中村警长忽然想起两天前在明智事务所里看到的佃柳静子母子的蜡像。

“是的，正如你推断的那样，我找到了蜡像面具制造者。于是，这个与那蜡像……”

说到这里，不知何故，大侦探偷看了三谷房夫一眼。

“……与那蜡像一起，委托他制作。好在原来的模型完好无损。噢，就是那面具的第一个委托人。第一个委托人是谁？不用说，我们进行了调查，但他不是园田黑虹。”

“啊，是谁？已经知道他叫什么名字了吗？”

“名字嘛，可以用假名假姓，即便知道也没多大意义。不过，我问了他的长相、身材和穿着打扮，但得到的答复非常暧昧。”

“照这么说，除假面人佃柳庄藏外还有神秘人物也请蜡像师定做了。也就是说，定做没有嘴唇的骷髅面具的委托人一共有三个，园田黑虹，那个神秘人物，还有你。”

“不是那么回事。加上我委托定做的，蜡像师只制作了两个。我也觉得奇怪，调查了其他蜡像师。调查结果，他们没制作过这样的面具。”

“照这么说，我们在东京湾从园田黑虹脸上扒下的面具，是神秘人物委托蜡像师定做的。”

中村警长变得越发不明白了，望着明智小五郎的脸。

“嗯，是那么回事。园田黑虹不是凶手，竟然戴上神秘人物提供的面具，可见他上当受骗被凶手耍了。这情况，我暂且放在后面说。”

明智小五郎侧过脸望着文代与小林芳雄。

“你们一定疲劳了吧？换衣服后歇一会儿！”

他说话时朝文代使了一下眼色，还意味深长地眨了几下。

咦，肯定又在耍什么花招！

中村警长立即察觉到了。

文代和小林芳雄把地板恢复成原来模样后出去了。

“接下来是第三幕，我刚才说了，只需口头解释就可以了。枯井里的尸体放到明天清理吧！现在，我就从这不愉快的部分往下说。”

明智小五郎催促两位“特殊观众”离开仓库。

关紧仓库门，沿着走廊朝客厅返回。途中遇上了以阿茂的奶妈为首的用人们，他们战战兢兢地等着明智小五郎的发落。

他们既不能上二楼也不能靠近仓库，大侦探向他们发布了不准乱走的禁令。

大侦探和中村警长一进入客厅，便一屁股坐在椅子上。

这时候，中村警长察觉三谷房夫不见了。

“奶妈，就你一个可以待在这房间里，其他人暂时别进来，也不准随便窥视二楼的仓库，你快去叮嘱他们。”

明智小五郎见忠实于主人的奶妈自事件发生后，人变得憔悴消瘦，非常同情她，说话的语调显得和蔼可亲。

奶妈出去向用人们一一转达了大侦探的吩咐，又匆匆返回客厅。

“……那……女主人和阿茂是否得救了……她是不是一定要入狱？”

她似乎最担心和挂念的，是女主人母子俩，说起话来结结巴巴，脸凑上去望着明智小五郎和中村警长。

“你不必担心！根据大侦探的侦查结果，凶手是其他人。”中村警长非常和气地安慰奶妈道。

“……可是，女主人到底在哪呀？我也不知如何是好，像这种无法挽回的事情……”

“她绝对安全！他们母子俩的行踪我清楚，不可能自杀，请放心。”

明智小五郎直截了当，回答得很干脆，奶妈这才放心地叹了一口气。

但这番话一说出，吃惊的却是中村警长。

“喂，明智君，你知道她们母子俩在哪里？快说呀？”

“请等一下，过一会儿，我会让你看到母子俩安然无恙的情景。不过，在此之前，我必须把刚才上演的戏说完。

“第三幕是杀死斋藤老人。不用说，佃柳静子不是凶手，是戴面具的家伙对她的陷害，也就是杀害佃柳庄藏的家伙。至于在天花板夹层设置的杀人机关，不用说，我已经详细向你们解释过了。凶手的圈套，我想你们也已经明白。

“凶手藏在天花板夹层里，究竟是偶然还是特地藏在上面的……总之，凶手当时藏在天花板夹层里。

“书房里，佃柳静子和斋藤管家发生了激烈争执。

“佃柳静子与斋藤争执后，心情异常激动。此刻，躲藏在天花板夹层里的凶手见佃柳静子情绪处在半癫狂状态，感觉时机来临，遂将拴有细绳的匕首朝正面对着他的斋藤扔去，匕首不偏不倚刺入斋藤的胸部。

“就这样，凶手预谋的杀人计划实现了。而佃柳静子误以为自己不经意间刺杀了老人，不知所措。

“正在这时，警察赶到了现场，开始讯问别墅里所有的人。整个别墅的氛围，犹如警方的审讯室。胆小怕事的佃柳静子，肯定难以忍受这样的紧张气氛。在这种情况下，一旦有人劝说引诱，她会毫不犹豫地选择离家出走。”

“哦，原来是这么回事！你这么分析也确实合乎情理。不过，还是有些不合逻辑的地方。也就是说，那个凶手既然要杀人，为什么要绕那么大弯子？他的目的到底是什么？杀害佃柳庄藏夺走宝石，应该是谋财害命。倘若真是那样的目的，不杀害斋藤老人不也可以吗！”

“不，杀害佃柳庄藏和斋藤老人都不是凶手的真正目的。

就像我前面说过的那样，凶手真正的目的还没有达到，他要真正杀害的是另一个人。”

“谁？另一个人是谁？”

“是佃柳静子，可能还包括她的儿子佃柳茂！”

明智小五郎斩钉截铁地说。中村警长竖起耳朵。

“什么？是佃柳静子？”

中村警长刚才还一直在考虑如何抓获佃柳静子呢！可一个小时还没过去，案情却发生了根本性的逆转，不仅佃柳静子小姐不是凶手，相反还是凶手杀人的诱饵。啊，这到底是怎么回事？

“本案凶手的最初目的，就是为了杀害佃柳静子。而其他几起杀人事件，都是凶手为了达到最终目的实施的声东击西手段。”

“请等一下！你这么说有点儿不可思议。如果凶手的目的是杀害佃柳静子，那么，最初是绑架阿茂，后来是绑架佃柳静子到青山那幢空房子里。当时，凶手要杀害她或她们母子俩不是很轻而易举的吗！故意杀害斋藤老人，把罪行嫁祸于佃柳静子，这样做岂不是绕圈子吗？……”

“中村君，我把分析案情的主要突破口放在你说的那个疑点上。”明智小五郎表情紧张地望着中村警长。

“本案的真正凶手，是披着人皮的杀人魔鬼，是一个我们难以想象且手段极其残忍的家伙。

“凶手像猫抓住老鼠后玩耍那样的手段，以不断地折磨和捉弄佃柳静子为乐。绑架阿茂，将佃柳静子关在地下室里，设圈套让大家误以为她是凶手。

“这一切的一切，其目的就是像猫那样玩耍临死前的老鼠，他要让佃柳静子饱尝担惊受怕、悲伤和痛苦的滋味，最后再杀死她。凶手觉得，杀佃柳静子就一刀太便宜了她。”

没想到明智小五郎说完这番话后，脸色也变得苍白。

“如果这是事实，我们必须尽快救出佃柳静子母子，一分钟也不能耽搁。她们到底在哪里？她们为什么能从把守大门的警官眼皮底下逃走？”

“从这里逃脱，办法十分简单，即借用棺材。那口装斋藤老人尸体的棺材，是佃柳静子从这里消失的工具。”

“什么？你说是棺材？”

“是的，除此之外没有其他办法。这幢别墅被家人和警官把守得相当严密，她不可能大摇大摆地走出去。再者，警官对那天进出别墅的人和物记录得非常仔细。据说，唯一离开别墅的只有那口棺材。也就是说，佃柳静子和阿茂是藏在棺材里离开这幢别墅的。”

“可是，棺材里是无论如何装不了三个人的呀，你说是吧？”

“是的。装不下三个，但可以装母子俩。”

“那，斋藤老人的尸体怎么处置？”

“我现在就带你去看。”

明智小五郎爽快地回答了中村警长的提问，随即转过脸望着奶妈。

“奶妈，你应该知道斋藤老人的尸体在哪里吧？”

奶妈大吃一惊，不由得身子朝后一仰慌张地站起来。

“啊，没那回事。我不，不知道那情况，真的一点儿也不知道。”

“奶妈，你不可能不知道。就是那个放在榻榻米房间里的棺材。”

“啊，是那个吗？您如果是指棺材，那一共有三口，都是空的，是刚才棺材制作公司送来的，也是根据您明智大侦探的旨意放在那里的。先生，您到底有什么打算？大家都害怕极了。”

“是否空棺材？我们先去看一下。”

明智小五郎与中村警长以及奶妈三个人一起来到最里面的榻榻米房间。

果然像奶妈说的那样，房间里的壁龛前面并排放着三口白木棺材。

这是平时不使用的房间，给人一种阴森森的感觉。

“三口棺材里，其中两口是空的，最右边的棺材里有东西。”

明智小五郎充满自信地径直走到右边那口棺材旁边，把盖子掀开一条缝让中村警长和奶妈看，里面果然有尸体。眼睛跟着手电光顺着盖缝窥视里面，是一具干透了的熟皮尸体。

“哎呀，还真是斋藤管家呢！”

奶妈看了后连忙两手作揖。

“哦，看明白了！明智先生，这具尸体也是被藏在枯井里的吧！”

“是的，被藏在棉被底下。这具尸体之所以放在那里，是因为上演母子俩躲在棺材里出逃的那出戏难度太大，不得不将尸体从棺材里移出扔到枯井里。反正，尸体早晚要被装入棺材的。”

“原来是这么回事。这么看来，另两口棺材是为佃柳庄藏和小川正一准备的。”

“凶手是这样的打算。今晚上演的三幕戏，到这里全部结束。”

明智小五郎痛快地说，眼睛里闪烁着光芒。

“接下来不再是演戏，而是将凶手捉拿归案。”

一听这话，中村警长顿时来了劲儿，大声附和：“好！我同意。我还真担心佃柳静子母子俩呢，现在可是关键时刻。”

原　形

“中村君，你难道忘了吗？我刚才曾说过佃柳静子母子俩绝对安全。”

“哦，我猜想你可能知道她们母子俩躲藏的地方。但如果被凶手嗅出她们母子俩的隐蔽场所，并提前采取行动，那可怎么办？不管怎么说，我们不能再等待或拖延时间。快带路吧！”

中村警长见明智大侦探满脸不慌不忙的神情，心里更焦急起来。

“不，凶手采取了特别手段把佃柳静子母子俩牢牢控制在手里了。当初，母子俩能从这里出逃也得到过凶手的帮助。也就是说，凶手一手策划了母子俩出逃的阴谋。”

“你，你说什么？”

中村警长目瞪口呆地望着明智小五郎不焦不躁的表情。

“要真是你说的那样，再不快点儿行动，佃柳静子母子俩就会遭到杀害！已经到这种时候了，你还慢慢吞吞的，到底打算干什么？”

“当然是去逮捕凶手，不过，不必慌张。”

中村警长无可奈何，使劲儿按捺住自己焦急的心情。大侦探既然如此镇定，也许已经胸有成竹。

“你已经知道凶手是谁了？”

“嗯，知道了。”

“你刚才说，把佃柳静子母子装在棺材里帮助她们逃走是凶手一手策划的。你的这一推理，我实在不能接受。照你这么说，凶手应该是熟悉这幢别墅的人……”

“是的。假如说有人帮助佃柳静子逃走，那他肯定是佃柳静子最信赖的人。这样，我们就可以缩小犯罪嫌疑人的范围，从佃柳静子身边的人去摸排。显然，她的男友三谷房夫最值得怀疑。”

“什么？原来是这么回事……”

中村警长脸上的表情严肃起来，不由得开始沉思。

明智小五郎的思路以及论点，总让别人感到离谱。可一旦顺着他的思路去认真思考，结果都是合乎逻辑，没有半点儿离谱的地方。

不管怎么说，要说是三谷房夫……一开始都无法相信。但是，既然大侦探说得这么清楚，他的手里肯定有确凿证据。不然的话，他不会轻易脱口说出，并且是那么自信。

“但是……”

中村警长刚说了一个开头便顿住了，又陷入了深深的思考，脑子里仿佛一堆理不出头绪的乱麻，混乱极了。

“明智君，你既然认定三谷房夫是凶手，那为什么不去抓他？刚才他不是一直在这里吗！倘若他真是凶手，刚才上演的那三幕戏不就是揭露他的罪行吗？可他观看表演时毫无反应，满脸若无其事的表情，太不可思议了。说心里话，这到底是怎么回事，我心里一点儿也没底。”

“你说的只是他的表面现象。这家伙绝不会若无其事！你难道没有察觉到吗，我在仓库里公布凶手的作案手法时，那家伙脸色苍白，额头冒汗，全身还不停地打哆嗦呢！”

“哎，被你这么一说我倒想起来了。当时那模样确实奇怪，我去盘问他一下。哎，那家伙应该还在别墅里。”

“不可能，他已经逃走了！我们刚才从仓库回到这个房间时就没看见他，多半是翻越走廊窗户从院子逃走了。”

明智小五郎说这番话时，丝毫不动声色，眉头也没皱一下。

“什么？你说他逃走了……”

中村警长大声叫嚷，气愤得眼看就要朝明智小五郎扑去。

“你既然知道得这么清楚，为什么不早告诉我？放走凶手打算干什么？”

不料，明智小五郎依然镇定自若地对他说：“中村君，你放心，我不但清楚他去哪里，而且已经安排了跟踪他的人。他逃不了！”

“跟踪？派谁去跟踪了？”

“这么重要的任务我不可能委托别人，他们是文代和小林芳雄！他俩虽说都是年轻人，其中文代还是女子，但他俩机灵，办法多，不可能让三谷房夫逃走。”

“噢，原来是这么回事！那，三谷房夫去哪里了？”

“估计是目黑厂区的一个小厂。不过，三谷房夫究竟是否去了那里，文代会打电话告诉我的。啊，来了，来了，一定是他们的电话！”

电话铃声从远处传来，秘书喊明智小五郎听电话。电话转接到房间后，明智小五郎立即抓起听筒放在耳朵上。

“喂，是先生吗？我是文代，那家伙果然去了那里，请火速赶到现场。”

“我是明智，你辛苦了！你说火速？为什么？”

“那家伙好像察觉到我们在跟踪他，因此……”

“好，我和中村警长立刻去你们那里。请小林君留在那里继续监视，你还是去办你原来的事情。”

咔嚓！电话挂断了。

“他果然去了目黑厂区。好，我们立即出发。”

“那好，我立刻通知部下把那里包围起来。”

中村警长像终于找到猎物的猎人，从明智小五郎打听到地址后，立即用电话与警视厅和当地警署取得联系，要求增援警力迅速包围那里。

大约三十分钟过去了。

明智小五郎和中村警长驱车在那家工厂稍前面一点儿的地

方停车，步行走到门前。这时，从黑暗里走出一个人影，是等候多时的小林芳雄。

“他确实还在里面吗？”明智小五郎轻声问道。

“是的，没有出来的迹象。”小林芳雄神情紧张地答道。

不一会儿，警察大队赶到了，黑压压的一片，有穿制服的，有穿便衣的。

“你们分成两部分，一部分埋伏在工厂前面，一部分埋伏在工厂后面。”

中村警长详细描述了三谷房夫的长相和身材，命令警官们迅速进入埋伏地点。接着，明智小五郎与中村警长踮起脚尖朝门里走去。

黑暗中，朦朦胧胧进入视线的是工厂的凄凉景象。破旧的建筑物，仅孤零零挂着一个招牌而已，四周的围墙是板墙。围墙上面，到处是一块块铁皮补丁。摇摇欲坠的柱子上，亮着一盏小灯。借助不亮的灯光，可以模模糊糊地认出招牌上的文字：西南制冰有限公司。

这好像是工厂名称。

走进大门里面，被东倒西歪极其简陋的厂房挡住了去路。

凶手和制冰有限公司到底有何关系？

中村警长觉得不可思议，但又不能开口询问，默默无言地跟在走在前面的明智小五郎身后。

绕到工厂旁边，那里是漆黑建筑的一部分，玻璃破碎的窗户里有模模糊糊的光线。两个人蹑手蹑脚地来到那里，悄悄窥视房间里的情况。

他在！三谷房夫在里面！

他靠在桌上似乎在思考什么。

“三谷君，三谷君！”明智小五郎站在窗外喊他。

三谷房夫吃了一惊，急忙站了起来，瞪大眼睛紧盯着窗外的黑暗。由于天太黑，他好像没察觉到是明智小五郎。

“哪一位？哪一位？”

三谷房夫摆出逃跑架势，拉大嗓门问道。

“是我呀！我是明智小五郎，请开门！”

一听是明智小五郎，三谷房夫顿时傻了眼，连话也不说了，猛转过身，拔腿朝对面那扇门跑去。

“站住！”话音刚落，中村警长已经越窗跳入房间。

中村警长朝企图逃跑的三谷房夫紧逼，随后一把抓住他的上衣领。在抓凶手方面，中村警长经验特别老到。说三谷房夫是多么可怕的怪物，可根本不是他的对手。

“啊，原来是你们！唉，我胡思乱想还以为是谁呢。”

已经无路可逃！三谷房夫一旦清楚了自己的处境，便立即恢复了常态，显得格外冷静，若无其事地说。

不愧是善于伪装的恶魔。

“胡思乱想？哈哈哈……我们是来逮捕你这个杀人凶手的。”

中村警长将三谷房夫一把拽到椅子上，怒目圆睁地盯着他。

“什么？杀人凶手？你说什么？”

“别跟我装糊涂！我想你不会忘记刚看过的那三幕大戏

吧？怎么？还不说老实话？别以为我们不知道，其实，你就是那个没嘴唇的家伙，也就是那个戴蜡制面具用匕首刺杀佃柳庄藏和斋藤管家的凶手。”

“啊，说我是杀人凶手？请拿出证据来！”

“会让你看证据的，你不单单杀害了佃柳庄藏和斋藤管家，还杀了你的助手园田黑虹吧？还有那个冈田道彦。那个在盐原瀑布潭溺水身亡的冈田道彦……多半也是你的所作所为？”

“什么呀？你说的这些太让我吃惊了！简直是诬陷！告诉你，我什么人也没杀过，也什么都不知道。”

“根据法医解剖，冈田道彦不是自杀而是他杀。你看见他沿河边朝上游走，便抓住机会从背后把他推下河。等到他的尸体漂浮到下游时，你又用石块将他的脸砸得模糊不清，让别人无法辨认他是冈田道彦。”

“啊，明智先生，你还真会编造故事。”

三谷房夫仍然装作若无其事。

“你把冈田道彦的脸弄得无法辨认，再给尸体穿上他自己的西服，让别人确认冈田道彦已经溺水而死。可是，你却伪造他还活着，制造他向佃柳静子复仇的假象。可惜的是，你的这一圈套没起到任何作用。告诉我们冈田道彦不仅活着而且还在折磨佃柳静子的，是谁？不就是你吗？从那以后，我就一直注意你的言行，哈哈哈……你还真会装模作样地伪装自己。”

“哎，别说那么多！证据呢？幻想吗？谁都会。像你那样捕风捉影无凭无据地乱说一通，谁会信呢？法官大概不会同意你的胡编乱造吧……”

三谷房夫大言不惭地说道，明智小五郎笑了。

“好，我马上让你看证据。你再稍等片刻！但是，你给我规矩一点儿！中村警长，你站在他身后不准他乱动！我去把牙齿模型取来。”

一听这话，三谷房夫的脸色唰地变了，欲从椅子上站起来。可中村警长的动作更敏捷，铁钳般的大手牢牢地按住了他。

明智小五郎将无法动弹的三谷房夫的脸猛地朝后转，再扳开他的嘴，用事先准备好的红色橡皮泥摁在牙齿上让他紧咬住。

“好了，三谷君，你期待的证据有了！这块红色橡皮泥上的齿印，就是从你嘴上刚取的齿印。接下来，我让你看凶手留在青山空房子里的白色齿印模型。

“如果两个齿印相同，它就是你是凶手的证据。瞧，完全吻合，两个齿印一模一样。刚才你在看模拟表演时脸色苍白，浑身哆嗦，难道不是吗！

“三谷君，想知道我为什么怀疑你是凶手吗？现在告诉你吧！那是因为你设下的圈套过于大胆，过于狂妄。你是否记得？中村警长追赶怪物到青山空别墅附近时，目标突然不见了。当时，你却出现在那里，是这样吧？

“你迅速脱下了黑袍、面具和假的手脚，再扔到围墙里，随后装作过路的行人。类似这样的手法，你已经用过不止一次了吧！在我的事务所里，你从门缝里插入恐吓信。在冈田道彦的雕塑室里，你把玻璃砸碎，制造恐吓信从外面飞入房间里的假象。还有，把恐吓信扔在地上的也是你。

“在品川乘坐气球逃跑的男子，手法相同。那男子的脸，文代记得很清楚。那男子与没嘴唇的家伙完全不同，不是怪物打扮。他是谁？是你的助手园田黑虹，他有这样的业余爱好。

“你的目的只是让他诱拐文代，可他却擅自爬到国技馆屋顶上随广告气球逃走了。当时，你一定觉得后果不堪设想。于是，你驾驶快艇抢先赶到那里，并在快艇上杀害了园田黑虹，再给他戴上面具，用火点燃汽油使汽艇爆炸。不用说，你本人也沉入大海。结果，仅仅是你得救了。

“谷山三郎！怎么样？我说得没错吧？”

三谷房夫大吃一惊，禁不住瑟瑟发抖起来。

“哈哈哈……我已经知道你的真实姓名，你也不必这么慌张。请好好看看这个，这里有你少年时代的照片。”

明智小五郎从口袋里取出笔记本，从那里取出一张照片递给三谷房夫。

“这是你们兄弟的照片。我是从你出生地的照相馆那里找到的。”

“这么说……你……”

“是的，从佃柳静子那里听了她的故事。曾经，有一个男子与佃柳静子结过婚。不料，佃柳静子竟然背叛了他，后来那男子自杀了。那男子不是别人，就是你的亲哥哥谷山二郎。

“要说佃柳静子有仇人，只有你哥哥谷山二郎。就因为佃柳静子背信弃义，俩人间积怨很深。经过调查，谷山二郎一家除了那个早已离家出走的弟弟外，都死了。他弟弟叫谷山三郎，少年时就是一个爱寻衅滋事的家伙。”

化名三谷房夫的谷山三郎，早已耷拉着脑袋，一声不吭地听着明智小五郎的“演说”。中村警长一松开按住他的手，他便摇摇晃晃地从椅子上滑倒在地，仿佛全身瘫软的中风病人。

“哎，快说！你把佃柳静子母子俩藏哪里了？快带路！”中村警长大声喝道。

“在这里，就在这工厂里。”

谷山三郎嘟嘟囔囔地说。中村警长抓住他的手，企图拽着他走。万念俱灰的谷山三郎见阴谋已经败露，有气无力地站了起来。

冰　人

谷山三郎一走进制冰机器车间，啪地拧开电灯开关。

“不是一个人也没有吗？她到底在哪里？”

中村警长摆开架势，警惕地盯着谷山三郎。

“在你们与佃柳静子母子俩见面之前，我想说说我为什么要这样做！”

他尽管耷拉着脑袋，可语气似乎很郑重其事。

“我是谷山二郎的弟弟，叫谷山三郎。这，明智大侦探说得一点儿也没错。而且，也真像他说的那样，我这人从小就干坏事。可是，我与哥哥感情笃厚，亲密无间，可以这么说，我们兄弟俩亲如一人。

“因为，从我记事起就一直得到哥哥的呵护和关爱。虽然我一直在外生活，但当得知哥哥患病时，立即回家来探望他。

当时，哥哥支付不起医药费，孤苦伶仃地躺在床上，身上盖的是净是洞的棉被。

“一看到我回来了，伸出他那骨瘦如柴的手紧紧地握住我不放，半晌后他流着眼泪对我说，我现在是后悔莫及！你嫂子静子她无情无义，居然扔下患病的我不管，去佃柳庄藏家当阔太太。

“我是活不成了，也不想活了，但我一定要让她知道这一切都是她造成的。唉，可现在病成这般模样，这目的也不可能达到了。

“哥哥趁我不注意时服毒自杀了，临死前嘴里不停地诅咒佃柳静子。面对死去的哥哥，我脑子里一下涌出了报仇的念头。于是，我朝着哥哥的尸体发誓，一定要惩罚那个无情无义的女人。

“我暗暗地对哥哥说，一定要为他报仇，夺走她的全部财产，把她折磨得死去活来，最后再杀死她。

“从那以后，我什么也不干，一心想着替哥哥报仇。刚开始时打算杀死佃柳庄藏，可据说他已经在牢里死了。等到明白那是越狱阴谋时，也仅仅是最近。

“在盐原温泉，我见到了那个没嘴的男子，但我不知道他就是佃柳庄藏。我让蜡像师制作了与那个男子相同的面具，做好了化装成妖怪的道具准备。像刚才明智大侦探说的，我在不断折磨佃柳静子，直到最后杀了她替哥哥报仇。

“啊哈哈哈……我太高兴了！我可以对死去的哥哥说，弟弟已经兑现了对他的承诺，帮哥哥他出了这口怨气。让背叛他的女人得到报应。我现在是从心底里感到高兴。哈哈哈……怎么，你们难道不为我感到高兴吗？”

谷山三郎脸上露出令人毛骨悚然的笑容。

“喂，佃柳静子他们呢？快说！他们在哪里？”

中村警长催促谷山三郎回答。

“哈哈哈……就在这里！别急，我又逃不走。再说，我已经没有从这里逃走的打算。好吧，就让你们见见面！你们可以慢慢地聊！但是，如果要把他俩带走，恐怕没那么容易，因为太重了。”

谷山三郎用讥讽的口吻嘲笑道，随后推开去隔壁房间的门，按上开关，隔壁房间里顿时亮如白昼，里面放着一个巨大的制冰槽，它占据了房间的一半面积。

“那就是佃柳静子和她的儿子佃柳茂。”

他一边说一边按了一下配电盘上的开关。于是，设置在制冰槽中间的巨大铅柱开始上升，转眼间滑到边上，只听咣当一声，重重地落在大家的眼前。

他走到铅柱旁边，那里传出咔叽咔叽的响声。巨大的铅箱被打开了箱底，铅箱里面的东西伫立在那里。而后，巨大的铅箱吱溜吱溜地返回到原来的制冰槽中间。

中村警长和明智小五郎一看见伫立在那里的大型冰柱，震惊得险些窒息。

大型冰柱泛着美丽的银光，傲然屹立在那里。

冰柱里是佃柳静子和佃柳茂，他俩已经被厚厚的冰紧紧裹住，简直惨不忍睹。

他俩是活着的时候被制成冰块的。

“啊哈哈哈……怎么样？杀人也要像这样干净利索。你们以为我会逃走？那是大错特错。我是在等待着你们的到来，请你们参观欣赏我的绝世佳作——冰雕工艺品。啊哈哈哈……”

他说到这里咧开嘴不停地大笑：

“大侦探先生，我已经满足了，只要在智慧上胜过你抢在你的前面下手，我就心满意足了。佃柳静子母子俩究竟受到了什么样的折磨，是否要我告诉你们二位？

“我想你们肯定知道这对母子是躲在棺材里逃走的，但未必知道去了哪里。哦，我来告诉你们，我送他们去了火葬场，而且还把他们推入铁箱，让他们受到了比死还要痛苦的折磨。

“我站在旁边一直观赏，心里真是痛快极了！就在他俩快要被火烧着的时候，我又出现在母子俩面前，成了他俩的救命恩人。

“于是，母子俩迫不及待地跟着我来到这里。我伺机把他俩关在这里，用了四五天时间，将我真正的内心世界毫无保留地告诉了这对母子。佃柳静子听完了我的讲述，大吃一惊，吓得魂飞魄散。我当时见到她那副可怜兮兮的样子，兴奋得无法形容！我把哭喊着的母子俩塞到铅箱里，往里面灌水，开始制冰作业。”

“啊哈哈哈……”

突然，明智小五郎爽朗地笑了，笑声在房间里回响。

“我问你，谷山君，你在冰块形成的过程中有没有离开过这里？还有，你把铅箱放到槽里就立刻出去了，是吧？那是因为工厂外边响起了哨声。我想，你大概还记得当时的情况吧？喂，请你走到冰柱旁边再仔细看看里面，真是佃柳静子和她的儿子佃柳茂吗？”

“你说什么？那怎么可能不是呢！”

“你仔细瞧！那是蜡像！你既然让蜡像师为你制作蜡面具，那你一定知道蜡人吧！我察觉到你这个杀人计划后，事先让人制作了这两个蜡人替身，趁你不在的时候将母子俩替换出来。当时的哨子是小林君吹的。好了，我不再跟你争论了，让你看证据，看看真正的佃柳静子和阿茂……文代小姐，你可以进来了！”

明智小五郎一打开门，三个人走了进来。走在前面的是佃柳静子和阿茂，走在后面的是文代。

谷山三郎顿时目瞪口呆，神色木然，额头上又止不住地开始冒冷汗。他两眼瞟着佃柳静子，全身一动不动的。

明智小五郎转过脸望着中村警长。

“中村君，我委托文代和小林芳雄跟踪谷山三郎。他俩从火葬场一直尾随跟踪到他的大本营，也就是这家工厂。当得知这里是制冰工厂时，我立即察觉到了他的犯罪意图。

“如果他当时就开始制冰作业，那他俩是不可能救出这对母子的。好在这时的谷山三郎仍然像猫耍老鼠似的，继续折磨他俩。于是，我想出制作母子俩的蜡像替身的办法，蒙骗和嘲弄谷山三郎，以证明我和他谁笑到最后。

“被救出的这对母子，也就是佃柳静子和阿茂受到了我的保护，一直待在我的事务所里休养。”

这时，谷山三郎突然甩开双腿朝房间角落跑去，从那里的桌子抽屉里取出手枪，拉开枪栓吼道：

“举起手来！谁动我就打死谁！”

大家直愣愣地站在那里，无可奈何地举起双手。

“啊哈哈哈……大侦探，你最后还是败在我的手上！告诉你吧，我要结束佃柳静子的生命，就一瞬间，对不起了。”

谷山三郎移动着脚步，背对着门大声喊道：“明智小五郎，你挡住了我的枪口，让开！”

“我代表佃柳静子接受你的子弹。你开枪吧！快开呀！瞄准哪里呀？”

明智小五郎站在枪口面前，临危不惧。

谷山三郎扣动了扳机。

咔，咔，咔……

“哈哈哈……子弹好像没出来吧？哎，你瞧！枪里面的子弹全在我这里保管着呢！”

明智小五郎乐呵呵地说。

“哼，你干的好事！好，我还有绝招！瞧！就是它……”

说完，谷山三郎转过身窜到门外走廊上，从外侧将门锁上。没想到形势急转直下，明智小五郎、中村警长、文代小姐、小林芳雄和佃柳静子母子俩被关在制冰室里。

“这蠢货！外面到处是警察，瞬间就会被抓住的！可是……”中村警长十分镇定。

“即便那样，我们还是稍迟了一步，现在，我们必须设法离开这里……”明智小五郎不安地说道。

“好，像这样的门就交给我来打开吧！”

中村警长使出全身力气用身体朝门撞去，可门早已发脆，就这一下被撞得裂开了。这时，风从门上被撞坏的间隙吹了进来，一股怪味扑鼻而来。

大家围成一团朝隔壁房间跑去。

“畜生！这门也被他从外侧锁上了。”

中村警长又用身体撞击，门嘎吱嘎吱地发出剧烈响声，随即离开了门框。几乎与此同时，呛人的黄色浓烟窜入房间，把他们围了起来。

是火！明智小五郎和中村警长冲到狭窄的走廊上。

这时，红色的火舌已经在狂舔着地板，周围已经是一片火海，无路可逃。除了沿着走廊冲出火的重围，别无他法。

“快，快！”

明智小五郎紧紧抱着大声哭泣的阿茂。

大家跟在中村警长身后顶着大火朝外突围。

终于，大家冲出大火重围来到大门前面。已经等了很久的警官们朝他们跑来。

“凶手怎么样啦？你们是不是抓到三谷房夫啦？”中村警长大声吼道。

“没有，没有人出来过。”

“好，不管是什么人，只要一出来就给我抓起来！”

然而不可思议的是，厂房眼看被烧得就要倒塌，仍然不见有人从里面出来。消防车拉响了警笛，看热闹的人从四面八方蜂拥而至。

“别让谷山三郎跑了！一定要将他捉拿归案！”

警官们全神贯注，仔细搜索谷山三郎的踪影。

但是，他那模样的人影最终还是没有找着。

“嗯，那家伙也许自杀了？”

中村警长紧盯着熊熊燃烧的大火，自言自语。

他的推测果然中的！第二天早晨在废墟里搜索的一名警官，在一堆烧成灰烬的木材下面发现了一堆散乱的尸骨。

“这是谷山三郎的尸骨！”

中村警长说完转过脸望着明智小五郎，明智小五郎默默地点点头。

おわり